INK

文學叢書

114

天使熱愛的生活

陳雪◎著

天使熱愛的生活

【目次】

最好遊蕩

酷兒時光

別樣說法

最好遊蕩

或許就在某一個夜晚，我安慰了別人，別人也安慰了我，
透過一個光怪陸離的聊天室，在這虛擬的世界中，
我們深知真實人生大家都有挫敗與難以言喻的痛苦，我們都孤單，
但我們沒有比別人更怪異或者更高尚。

Motel and Hotel

我很喜歡旅館那種虛擬居所的氣氛，豪華或簡陋都愛，對一個嗜好到處遊蕩的人來說，都市鄉村台灣異國或任何地方，一個專門提供住宿或休憩的屋子（或房間）是旅程不可缺少的必要配備，不過近年來我對於旅館的看法大大地改變了，起因是台灣從北到南颳起一陣「星級汽車旅館旋風」。

話說前陣子情人節電視新聞轉播了近年來流行的五星級（還有業者自稱爲七星級）汽車旅館大排長龍的盛況，還鉅細靡遺地介紹各家旅館的招牌設備，酷似刑具台的「情趣椅」可變化幾十種造型組合、從天花板上垂懸而下的彈性帶可以讓人做出種種類似體操選手的性愛姿勢、可顯示背景環境聲調的裝置，假裝是在火車站、百貨公司等地，不可或缺地還有按摩浴缸三溫暖烤箱，那些一家比一家豪華的旅館推陳出新，甚至有一家還想要上市上櫃。

我朋友D看到這新聞時不斷搖頭嘆氣，「什麼時候開始大家流行去汽車旅館排隊過情人節啊！這叫人怎麼浪漫得起來？」其中一則新聞號稱某家業者推出一晚九萬九千九百九十九元的頂級套房，報導裡說房內到處都有玫瑰花，而且每朵花上都飾有小碎鑽（而且是天然眞鑽），我猜想我朋友一定覺得那價錢太貴了。我懷疑到此消費的人最後會把玫瑰花心裡那些碎鑽都——收集帶回家嗎？如果不是，那眞鑽假鑽有何差別？

我個人對那些琳瑯滿目的汽車旅館見識過不少（請別問我原因，只要記住我是個小說家），幾年前我甚至還認識過一個在斗六經營汽車旅館的業者，那人同時也是酒店業者，他說投資雖大但兩年不到就回本了（比釣蝦場還好賺），我萬萬想不到斗六那樣的地方竟然也有如此的需求，後來我才知道那時大台北都會區還沒人想到汽車旅館這行當如此好削，最先將汽車旅館高級化經營的是台中人，那些好比峇里島**Villa**的大排場簡直讓人嘆爲觀止，然後台北人馬上就跟進了，「薇閣」首先蔚爲風潮，網路聊天室裡大家就很有默契地把一夜情轉化爲「想去薇閣嗎？」

這些年來從北到南，從休息兩小時兩千五百元到休息兩小時三百五十元，這是正當業界最低價了，所以如果你碰上休息只要兩百五的我奉勸你還是別走進去。從附有專屬電梯、私人泳池，到簡陋得床底下幾乎會有老鼠跳出來，什麼樣子的我都見過（讀者就姑且將我視爲某種汽車旅館田野調查者吧），若有業者想要請我做一張觀光導覽地圖大概也可以做到。

我還記得十幾年前那時候尚未有什麼汽車旅館盛行，「不倫」的情人約會除了郊外暗巷，只能到所謂的「賓館」，那時的日本早已將約會的賓館巧妙地叫做「Love Hotel」，而當時的台灣業者仍讓賓館看起來就像是娼館，裝潢俗麗且充滿揮之不去的怪異氣味，窗戶永遠是打不開的，而且總有看到讓你過飽超過十幾台的解碼色情頻道。我每次都認眞勘查逃生口所在，但也不免悲觀地覺得那種迷宮般不見天日的內裝，一旦失火我就會悲慘地因此上了社會新聞還落得戀情曝光的下場。十多年來物價節節上漲但我清楚記得那時休息也是最低消費的兩小時三百五（別問我過夜多少錢，這裡討論的可不是什麼度假行程），我第一回看見「汽車旅館」這招牌時天眞的以為那是讓人睡在汽車裡的一種新興旅店，這使我聯想起美國電影裡那種汽車露天電影院，人們眞的是坐在汽車裡看電影。

林森北路的「薇閣」，永和的「愛摩兒」，板橋的「悅榕」是目前最in的三家（據說薇閣還有一家更豪華的分店即將在內湖開幕），他們都自稱爲「精品旅館」，既不是賓館也不是飯店，更不願自曝內幕地叫做汽車旅館，而是怪裡怪氣地叫做「精品旅館」，所謂商品化在這名稱上頭可謂達到極致，此類汽車旅館販賣的不但是「按時計費」的休憩，還是一整套讓人可以徹底在此將性愛過程夢幻化精品化的「一分錢一分貨」，而且包裝絕對與內容物相符。薇閣跟悅榕的百萬裝潢不說，位於永和的愛摩兒裡面就名符其實地附有卡拉OK點唱機以及情趣用品販賣機，而且還準備上市上櫃。

我曾經很白目地堅持一定要在薇閣過夜，情人爲了表示慷慨於是付了一整夜的錢（那是可以到泰國去玩四天三夜的團費），我已經準備了筆記型電腦跟三本小說準備在那兒寫一個緊急的邀稿，然而，隨著時間一點一點流逝我突然覺得自己蠢透了（我跟情人說你可以先走，我一個人在這裡就可以），沒想到在裡頭待不到五小時我就覺得百無聊賴，沒有誰可以在這裡待上那麼久而不會想回家的，那些樣品屋般美輪美奐的裝潢家具、液晶螢幕電視按摩浴缸點唱機等等都顯示出暫時性而半點不實用，在這裡工作更是不可能，因爲燈光實在太暗了。最後無論如何都睡不著我只好半夜叫了計程車回家（那人之後爲了此事笑了我好久）。

幾年前我到美國旅行時住過眞正的汽車旅館，那絕對不是設計用來讓人偷情或者買春的，沒有人會開十幾個小時的車只是爲了跑去那種地方做愛，那是讓長途開車從一州過渡到另一州時最便宜方便的休息，一路上單調得幾乎令人瞌睡的平坦無變化道路終於出現「Motel」的指示招牌時我們幾乎要歡欣得尖叫，汽車跟旅人都已疲憊不堪，只要有車庫有床有屋頂有暖氣就覺得滿足，裡面設備簡單，甚至連牙刷都不提供。我後來到台北的那些精品旅館時發現業者細心提供了卸妝乳身體乳沐浴精油棉花棒指甲剪刮鬍泡鬚後水，泡麵蛋糕餅乾糖果三合一咖啡蠻牛等等免費飲料點心，如果願意花錢的話還有套餐甜點牛排咖啡等可以直接送到房門口，免費的東西當然還有保險套。最令人意外的是還有威而柔，何謂威而柔呢？這是一種專爲女性設計，增加性愛快感的藥用凝膠，效果如何在此就暫且不表，威而柔跟保險套一起裝在一個名爲威風情人的小紙盒中，名稱來由當然是相對於威而剛而起。

這些林林總總的貼心服務不禁讓人覺得台灣人的色情想像力眞是無遠弗屆，但無論那些精品旅館多麼設計貼心，對我來說，只有那時在美國的公路出現在漫漫黃沙與飛揚塵土中一座鐵皮搭蓋的簡陋旅館讓我想起了我心愛的歌曲，〈Hotel California〉。

撇開對於公路電影的浪漫懷想或什麼社會觀察不管，至於爲何台灣經濟蕭條時仍有人願意爲了兩小時的歡愛一擲千金這點，往後我會再用另一個篇幅探討。上述此類「精品旅館」的盛行讓許多女人爲之心碎，彷彿那是對愛情理想的徹底摧毀，電視新聞特愛對那種奢華的排場大肆報導，很多良家婦女爲此擔心受怕，她們的老公或男友從未帶她們去那種地方，但一家接著一家開幕且生意都那麼好還得排隊預約，去光顧的人難道都是單身漢嗎？朋友跟我說幾家知名的旅館外頭長期都有狗仔隊盯梢跟拍，八卦雜誌也好多次因此抓到了幾樁名人的風流韻事，話雖如此，這依然是台灣特殊的產物（就像檳榔西施跟婚紗攝影），這現象代表了台灣某種無法抑制的情色氛圍已經改頭換面，且更爲專業更資本主義地攻占了大街小巷，無論是善男信女或是不倫情侶（此處的不倫並非不正常之意），我們都無法假裝這個現象不存在。

下次去排隊的時候記得戴上安全帽，因爲隊伍裡可能就有你的同事或是你朋友。

以及無所不在的狗仔隊。

Michelle進入聊天室

每個月裡總有幾個晚上不能睡，幾乎都是到了深夜一點之後依然有某種被掐住喉嚨的不良感，在床上翻來覆去。這種時間朋友都睡了，既不想讀書也不想看電視，就想找個人說說話。年輕時候我就有這種毛病，平時好好的也不常打電話（我還會習慣性地過濾電話），偏就是三更半夜滿肚子話想說卻苦無對象，有時悲慘極了甚至還想打電話去生命線。

二〇〇四年開始我發現我這種毛病有了比生命線更好的出口。

網路聊天室。

我知道很多人一聽到「網路聊天室」想到的都是什麼一夜情、國中少女蹺家北上會網友、網路假小開推女友下海賣淫、網路迷魂大盜下藥誘姦少女，等等等等，沒一個正面報導。更別提那些上網援交（眞援交假援交還有警察釣魚的誘餌）的事件，我若說這類聊天室如何地解除了我失眠時的焦慮，怎樣豐富了我都市獨居生活日漸貧瘠的想像力，讀者一定以爲我是個怪胎。

但那是眞的。

時鐘指著半夜一點半，你的朋友都睡了（就算醒著也不想接你的電話），你吃了藥但還是睡不著，但只要打開電腦，隨便取一個暱稱，進入聊天室，就有一大堆跟你一樣睡不著的人搶著要跟你講話，那是多麼令人振奮的事啊！但前提是你的性別要是女的，至少在網路上自稱是女性（而且是去異性戀聊天室），你一登入，立刻冒出一大多男人（網路上的男性）拋出一大堆「安安」「哈囉美女」「可以聊聊嗎？」「高重？」「元嗎？」「3000？」讓你應接不暇（男女比例幾乎是十比一），至於同志聊天室則因男女同志文化不同而另有不同習慣用語跟生態。

請容我稍做解釋，「安安」是「早安午安晚安的通稱」，我個人對這種裝可愛的詞非常反感，因此凡這樣跟我打招呼的一律不回答。「高重？」是問你身高體重，感覺眞像在市場買菜。「元嗎」是要不要援交的意思。至於「3000？」這不用我多說了吧！

我不缺朋友，也不想交網友，對什麼網路戀情也沒興趣，所以我沒有去「奇摩交友網站」之類的地方登錄自己的基本資料跟照片，也不會去某某版的討論區po文章留言或者跟人唇槍舌戰，除非必要我也不上網查資料，這樣的我，爲何對充滿爭議且看起來確實也是烏煙瘴氣的「聊天室」情有獨鍾呢？

在夜深人靜的時候，我登入「Michelle」等暱稱（這是最沒創意的暱稱了），十秒鐘之內就可以進入十幾個不同的聊天室，異性戀同性戀南部北部隨你需要可挑選，那裡面，至少有幾百個跟我一樣睡不著的人在活動。這樣的時候，我不是什麼小說家作家或者知識分子，我跟其他或許暱稱有點怪噁心的人，（我看過最經典的是「除了上班還能上誰？」，眞的是什麼暱稱都有，在此我就不贅述），有共同的處境，我們都很無助，有點孤單（甚至是很孤單），我們都想跟誰有點關係。

或許人們會認爲這類的聊天室充滿了色情的氣氛（但其實那只是增加了情慾的出口，解決了性壓抑的恐怖氣氛），比如裡面眞的有人在搞援交跟一夜情（但與A片是否會助長色情暴力一樣是雞生蛋或蛋生雞的無解問題），也或許這種匿名看不見眞面目的地方眞是危機四伏

（這也跟金光黨之所以存在一樣不知該從何怪起），許多次上網聊天之後徹底顚覆了我對此事的刻板印象。

你眞的無法想像大部分的人是多麼地寂寞，即使在最最低級粗魯的暱稱裡（有性暗示或是性器官字眼的）都可以感覺那揮之不去的孤獨感，情慾洶湧蠢蠢欲動的青少年（他們總是對熟女充滿性幻想），已婚男性女性趁著伴侶睡著或是出差或是不在家時偷上網（有些人一開始就坦承自己已婚），單身的成年男性女性或爲了解決性焦慮或是眞的寂寞難當（好像過了學生時代就再也找不到對象了），還有一種人，他們對性有著無法對別人坦承的種種「偏好」，聊天室的匿名性使他們充分得到紓解。

乍看之下那大多是一些無聊到極點的哈拉打屁，有人擺明了是要找一夜情或偷吃，有人是眞的想要談戀愛或找個伴，有人不想跟人見面只想聊天，有人甚至不說話只是一直打出許多流行歌的歌詞，有人會打著「我愛阿扁」「宋楚瑜萬歲」「我就是深藍怎樣」等政治語言（那總會引發對方陣營的撻伐），有些一看就知道是色情行業的宣傳（援交女，酒店業者，淫媒，還有警察設下的圈套），我還看過有人在這裡爲自己發明的什麼神奇抹布打廣告。

很多社會觀察家認爲「網路」的盛行會讓人失去對「實體人物」的眞實感，會讓人逐漸失去跟「眞人」社交或交往的能力，更別提時下年輕人自行發展出的網路語言是如何讓大人們頭痛。現在的上班族最時興使用MSN或即時通，這類的線上即時通訊不但可以打字傳送檔案還可以用視訊系統實況轉播，習慣使用此類系統的人不只會打出同音別字（久而久之變成慣用語），打注音字，甚至不打字乾脆用系統裡附加的符號表來表達意思（笑臉，哭臉，生氣臉，玫瑰紅唇擁抱要什麼有什麼），這怎不叫人憂心？會不會以後的人都不會用文字啦？（老實說我沒那麼悲觀）

正經點的人一上這類網站一定氣得吐血，馬上要爲台灣的道德沉淪感到憂心忡忡，家有兒童或青少年的家長只消瞄上一眼就會非常擔心自己的孩子誤入歧途（但我覺得在台灣光是打開電視機就很危險了，你永遠不知道晚餐時間新聞台會播出什麼兒童不宜的內容），警察單位甚至還因此成立專門部門在網路上到處抓人（會不會是因爲在網路上抓自拍跟援交比在馬路上槍林彈雨抓張錫銘來得輕鬆），對我來說，這些甚至比電視新聞更直接地顯現出社會的現狀。

我覺得，並不是網路讓人失去了與人交往的能力，是因爲現代生活逐漸地讓人不知該如何以眞面目示人。你看電視上動不動就要轉播時尚名媛如何參加派對，如何收集一個動輒幾萬幾十萬的名牌包包，政商名流怎樣購買豪宅如何妝點門面，看久了會錯覺全台灣只有你一個人是穿夜市貨生活朝不保夕，而那些因爲失業而跳樓的人都是因爲自己不夠努力，憂鬱症患者都是因爲個性不好。無論藝人提著多麼名貴的愛馬仕或 Balenciaga 機車包讓你感覺到自己卑微寒傖，或者你也省吃儉用甚至使用現金卡欠債去買名牌提著安心壯膽，但夜深人靜時你就是知道那不是你的人生，你的人生如果可以登上電視螢幕大概都因為發生悲劇。你可能是個上班族，可能有婚姻有小孩，你或許從來不上網，但你大多數的時候跟那些聊天室裡的人一樣寂寞乏味，而且你想不出任何辦法來改變。

我曾在聊天室遇過一個自稱在百貨公司家電部工作的三十幾歲男人，他那種孤單憂鬱得幾乎令我難過的背景（是個孤兒，隻身在台北，沒有女朋友，因為工作時間太長也幾乎沒有朋友），卑微而近乎懇求地希望我能與他見面，「偶爾一起吃吃飯好嗎？」網路上聊著聊著，我原本心軟答應他要見面，卻因為發現對方過於認真而把人放了鴿子，那時我的不良感又出現了（我內疚了好久）。

另一回，有個暱稱爲「可以讓我舔你的腳嗎」看似戀物癖的人，仔細聊過之後卻是個二十一歲的體專學生（因爲沒查驗證件我也無法證實他身分），我本以爲這人應該是個什麼「獐頭鼠目」之徒，當他用視訊傳輸自己的影像給我看時，卻是個面容清秀的小伙子，他閃閃躲躲地說自己也不知道爲什麼就是對女人的腳充滿情慾想像，「請不要覺得我是個變態，」他打出這樣的句子，「我自己經常爲此感到很苦惱啊！」

哀矜勿喜。

我是個暫時來光臨的人，我不批判別人，我只是看。我也是其中之一。

或許就在某一個夜晚，我安慰了別人，別人也安慰了我，透過一個光怪陸離的聊天室，很幸運地我並沒有踏入任何危險的陷阱，我甚至不用出門，只是某個人在另一台電腦前被我選中，然後我們進行有營養或沒營養的對話，在這虛擬的世界中，我們深知眞實人生大家都有挫敗與難以言喻的痛苦，我們都孤單（雖說獨處是小說家的必備條件），但我們沒有比別人更怪異或者更高尙。

當 Michelle 進入聊天室，那比參加什麼時尙派對讓我更覺眞實。

Friday night

每到星期五傍晚手機就會開始響個不停，通常都是某某人打來約我晚上去哪吃飯喝咖啡，而那些人大多不熟，是些平時上班累得半死的單身男人，我幾乎都會拒絕，有時煩極了就把手機關掉。我自己因爲不用上班的緣故，對什麼星期假日半點感覺也無，他們老是問我：「Friday night 你不休息嗎？出來走走也好啊！」（眞的幾乎每個男人都會說 Friday night 而不說星期五晚上，彷彿這個詞有特殊涵義），我每次都得強忍住嘲笑別人的念頭，因爲我聽到 Friday 只會聯想到三件事，其一是《魯賓遜漂流記》裡面的黑人「Friday」，其二是連鎖美式餐廳「Friday's」，第三就是俗稱「牛郎店」的星期五餐廳。

牛郎店既不是賣牛排也不是哪個牛仔褲品牌，而是有男公關坐檯陪酒的酒店。以前就時有所聞，但去年我卻不約而同遇上了幾件跟牛郎店有關的事，首先是一個我多年的男性友人突然打電話給我，「我上個月去牛郎店應徵工作。」他在電話那頭這麼說，我沒敢露出驚訝（因爲那人少說也有四十歲了，而且以前就是朋友中最常被罵作沙豬的大男人主義者），「結果，你猜怎著？」他故弄玄虛我假裝應和，「怎麼了？」我問，其實他不說我也知道，大約是被騙了。

果不其然，他說去應徵時面試是通過了（光是這點就應該知道其中有詐），但得先交五萬元訂做西裝，他當然沒有這麼多錢（有的話他還會去應徵嗎？他這麼反問面試人員），幸好他沒錢，不久後他在電視新聞上看見破獲「牛郎店詐騙集團」，就看見當時面試他那個經理被逮到警察局去。

想不到，幾個月之後因爲某種非常奇怪的理由，我被人「招待」去牛郎店，而且還去了兩次。

店名我就不說了，我們一行三人（招待我的人是個富商太太，另一個是她的高中同學，單身，在一家貿易公司當會計，她也是被招待的）去林森北路一帶，種類分爲早場晚場跟宵夜場，兩次下來我去了三家。專做早場的那家無論氣氛或裝潢都有點很俗氣，所謂的早場不是早上開始營業，而是晚上八點左右開始，本以爲牛郎一定都長得很帥（但事實不然），因爲那段服務的大多是家庭主婦，重點是跳舞，有很多年紀大的男公關（我還是不太理解爲何男公關要叫做牛郎），高矮胖瘦都有，甚至穿著**Polo**衫西裝褲就上場了，入場費每人八百，檯費另計，而且公關買一送五，所以一下子就一大堆人圍上來了。那時我沒機會問我朋友到底消費如何計算，只見有服務生上來遞菸灰缸跟熱毛巾，朋友就給他一張一千元紙鈔作小費，我看得都傻眼了。看我的穿著打扮也知道我不是什麼有錢女人，不過公關們還是照樣對我獻殷勤，一個高個子擅長講笑話抖包袱，另一個鬈頭髮的溫柔體貼，還有一個比較矮壯的長得不怎樣卻是個紅牌，因爲他舞技特好而且不挑客人。

其實也不過就是喝酒划拳擲骰子，差別只是會有一大堆陌生男人幫你點菸倒酒，假裝跟你很熟的樣子對你噓寒問暖而已（我從來不知道要跟男人喝酒還得付錢呢！）。公關陪我下舞池去學跳了一會恰恰，走進舞池才仔細看了來這裡的女客人，有些說起來年紀大得可以當我媽了，都穿上華美的衣服，細心梳妝打扮，看她們一臉陶醉地被男人抱著團團轉地跳舞，我想，或許對她們來說這就是一種幸福（但我朋友追求的是什麼呢？我猜想，她老公應該也是常跑酒店的人吧！說不定就包養了某個小姐。在那些丈夫夜不歸營的夜晚，她也是通宵玩樂不肯回家）。

過一會聽到有人用麥克風喊著「八桌的莎莉小姐賞公關朱立安大酒二十杯」然後稀里嘩啦的掌聲鈴鼓聲響起，大家都看著那桌。我問朋友什麼是大酒，她說那不是眞的酒，象徵意義而已，給自己要捧的男公關做面子，一杯一千元。我的天啊！DJ奏出頒獎的音樂，朱力安仰頭喝乾得用兩手捧才捧得住的大酒杯（裡面其實只有兩百CC的烏龍茶），更令人吃驚的是，不到五分鐘，麥克風又響了，「十二桌美雲小姐賞大班偉哥大酒一百杯。」一百杯要多少錢啊？更別提她們競賽加碼買的公關檯數動輒數十上百檯，難道她們用的不是新台幣嗎？

晚場時間，我朋友認識的大班（就是那個偉哥），帶著他手下的幾個男公關，陪我們搭著計程車換到了另一家，這家店設計得好像Mint那種沙發酒館，時尚新潮，音樂也高明多了。一進門，裡面的公關跟我們打招呼，一眼望去，隨便都可以見到幾個模特兒型的年輕男人，穿著打扮也都很時髦。其實仔細看，因為長期熬夜加上酒精跟香菸的摧殘，這些大帥哥臉上也都有疲態跟輕微黑眼圈。晚場跟宵夜場的客人有很多是酒店小姐，時間越晚進來的女孩子越漂亮。相處幾小時之後，其中一個叫做李察的公關跟我聊得不錯（據說此人以前很像李察．吉爾），我問他入行多久，他說有七年了，中間曾經出去跟人合夥開過餐廳，做不成又回來，幾度進出。「現在生意不好做，」他說，「以前我曾經被賞過四百大酒耶！」「好日子已經過去了！」他感嘆地說。看他啤酒肚都快跑出來了（現在比較像查爾斯王子），大約是色衰愛弛吧。他現在客人挺少，總是買一送五的贈品才能湊上來看看有沒有油水可撈。

其中一個長得像木村拓哉的男公關（他的花名就叫做木村）斯文靦腆，唇紅齒白一臉清純看起來就像個大學生，他說自己才剛入行半個月，白天還在微風廣場某個品牌的服裝店工作，同行當會計的那個女生似乎對木村很著迷。

離開的時候已經是早上五點，那晚的消費竟然是六萬元（我們沒有給誰買大酒只是最陽春消費）。一星期後她們又找我去，從晚場玩到宵夜場，早上七點還帶了幾個公關出場去唱KTV唱到十二點，走出錢櫃的時候我累得幾乎要昏倒（這天的金額我連想都不敢想，我半點不懂花大錢把自己搞得這麼累有何意思），後來她又打電話來我就不肯去了。

兩個月之後我朋友的老公發現她玩牛郎差點跟她鬧離婚，她在電話裡對我訴苦，這時我才知道她已經在那些地方花掉上千萬。更嚇人的是，那個在貿易公司當會計的女孩去一次後就迷上了木村，爲了木村竟然盜用公款，已經花掉一百萬，東窗事發後差點吃上牢飯，還是我朋友拿錢出來擺平。等到她們兩個像戒除毒癮般終於戒掉上牛郎店的興趣之後，我們三個出去慶祝，那個會計女生對我說：「那感覺就像著魔一樣，我也知道木村怎麼可能眞的愛我？但是，從來沒有人對我這麼溫柔體貼，他每天早上都會打電話叫我起床，問我吃飯沒，天氣冷了要注意保暖，晚上還會陪我吃晚飯，他一打電話來我就拒絕不了。而且他還有一個中風的老媽跟智能不足的妹妹要養。最重要的是，木村看著我的表情，眞的讓我覺得我是個很重要的人。」

「你白癡啊！眞的愛你會叫你去付錢嗎？人家說什麼你都信。」我朋友這樣罵那個女生。（我很想請問她，那你自己又爲什麼要去？她不去牛郎店之後又開始收集LV。）

迷戀牛郎可比迷上LV危險多了，一旦你迷上那個公關（最慘的是你以爲自己愛上他或以爲他愛上了你），那就像連鎖反應一樣，快得讓你來不及思考，不只是坐檯或出場或陪睡的錢，而是你得包下來，往後得捧他、點他，還得連他們同班的其他公關都照顧。那就像個黑洞，你一旦踏入，幾乎無法全身而退。

如果人很需要陪伴是不是可以花錢去買？我常想這問題，男人可以買的，女人能不能買到？

事實證明，有錢可以買到很多陪伴（如果你不在乎那其中的眞僞），但問題是，爲什麼女人花的錢總是比男人多上好多倍？（我沒聽過男人爲了上酒店盜用公款的）爲什麼那些牛郎除了要錢還要你的感情（當然是因爲你付出了感情掏錢才會爽快）。我對誰的職業跟嗜好都沒有偏見，但我不免欷噓感嘆，不知道什麼時候這類提供女性服務的店才能像美式連鎖餐廳一般，讓女人可以歡欣地消費且不會有破財傷心的危機。

星期五晚上，我想還是在家看電視就好。

A片與我

很多人都以為我家必定收藏許多A片（正如大家都以為我是個酒鬼），結果當然不是。我本來就很討厭收藏東西（除了原子小金剛相關物品，關於這個容後再談），酒量也奇差無比（沒變成酒鬼其實是因為我喝了酒會睡不著），曾經好多次都被人問到：「有沒有什麼A片放來看看？」找來找去我就只有一套朋友送的四片裝*PENTHOUSE*，標準俊男美女搞的時候全都看著鏡頭，從頭到尾都放著奇怪的沙龍背景音樂，簡直像是在拍偶像劇MV，拿出來眞是丟人現眼。

我跟A片淵源甚早，小時候住在鄉下，一次村裡的有錢人請人來放電影，好像是什麼《梅花》、《八百壯士》之類愛國電影，村子裡扶老攜幼看得不亦樂乎，後來大人把小孩青少年統統趕回家，說是要去倉庫「開會」，我那時雖然只有九歲也知道大人心裡必然有鬼，於是夥著一個男生躲到那個倉庫用木板架高堆放肥料的角落裡。後來果然那些大人開始放另一個黑白電影，但見螢幕裡一陣花花白白鬼打架，無聲的影片只聽見機器聲響與大人竊竊私語。我們的祕密行動維持三分鐘不到，因為一隻老鼠跑出來，嚇得我跟那男孩嘰呱亂叫，大人發現就把我們轟出去了。

後來我才知道那是A片。

國中時期常跟鄰居哥哥到豐原一家戲院看電影，不管演什麼，片中必定夾帶幾段鹹濕插片，那時我已經初解世事，經常都期待那個不正常的插片趕快進來。大哥哥長相清秀身材卻是矮胖五短，據說是因爲國中二年級迷上了舉重，每天發瘋似地舉個不停以至於影響了身材發育，他的臉孔跟身體好像是完全不同的兩個人拼在一起，給人非常奇異的感覺。每次我跟他一起看電影出現鹹濕片段時，他那張俊秀的臉便會突然整個蒼白，很痛苦似地把眼睛閉上，但卻會不自覺地把手放在我的裙子上。

眞正可以光明正大開始看各種色情電影是到二十歲之後，那時到廉價賓館幽會，打開電視看不完的A片，起初我還興致勃勃認眞細看，日本的美國的歐洲的台灣的（每次看到台灣的我都忍不住笑場），有馬賽克沒馬賽克，要什麼有什麼，沒多久我就興趣缺缺。

以前常聽人說A片演的都是假的，但對我來說卻不是如此。我第一個情人身強體健功能特好，活生生像是個A片演員，我的各種色情經驗都是他教會我的。我還一直以爲除了膚色國籍長相不同，大家做起愛來都是電視上演的那個樣子，翻來覆去，變換姿勢，中場休息還可以繼續下去，比打籃球還累。後來我換了不同的情人，才恍然大悟，原來也有人做愛不像運動像是在開讀書會。

大學畢業我的情人突然送我一大堆色情錄影帶（有三十幾卷之多），因爲他朋友開的錄影帶店關門倒閉，於是搶來這些A片給我當畢業禮物。那天兩人都太高興，從早到晚不停地一片又一片看過去，二十幾個小時沒休息（累的器官當然不只是眼睛），直到其中一卷帶子卡在錄影機裡拿不出來，沒辦法只好停工。

我大概就是從那時候起開始對A片失去了興趣。

我有個 gay 朋友家裡滿坑滿谷都是A級物品，漫畫雜誌小說錄影帶DVD應有盡有，而且同性戀異性戀也平均分布（當然他都只注意男主角）。他曾帶我去台中市公園路一個地下室的色情物品供應店買貨，沒有招牌的小店隱身在曲折的巷弄裡，小小的店鋪裡什麼樣的客人都有，老闆只做熟客生意，看大家買A片跟買餅乾罐頭一樣隨意感覺眞特別。

我不是假清高裝正經（想裝也裝不像），但對現在的我來說，想看A片助性卻常讓我感覺掃興。兩個人一起看如果對方眼睛只注意著螢幕裡的畫面，我會很想把那人踹下床，一個人看嘛，我這人的個性是一旦想要做什麼沒有立刻去做就會痛苦得全身好像要裂開似的，看了之後如果突然興奮起來豈不是自找麻煩？至於大家一起看，唉！那我大概從頭到尾都在笑。

有人說男人的精液存量一生只有一個保特瓶，是有配額的，對於這個理論我不與置評，我只知道，我的A片配額可能在年輕時就已經用光了。

現在我只希望休息之後再上路，隔個幾年說不定我又可以恢復看片的樂趣。

來去見網友

上次在〈人間副刊〉寫過關於「網路聊天室」的文章刊出之後，接到好多人的電話，其中有一個是我的網友X，「我在報紙上看到一篇文章，該不是你寫的吧！」X問我，此人我與他素未謀面，在聊天室認識後轉到MSN去聊，有許多次我三更半夜睡不著打開電腦上網被他在MSN發現，他就會打電話來陪我聊到天亮。酷愛收集扭蛋的他是內湖科學園區的工程師，是少數跟我講過電話沒有設法要約我出去的人（他或許明白聲音好聽人不一定漂亮的道理）。我從不跟網路上認識的人說自己是小說家，人家問我職業我都說是「特約編輯」，我不敢扯太離譜的謊，因爲我對其他工作一無所知，多聊一會就會被揭穿（但老實說我也不知道特約編輯到底是什麼工作）。我跟X說：「怎麼可能是我？」他說：「可是那文章語氣好像你啊。」

於是我就把他從MSN名單上刪除且封鎖了。

不久後，〈開卷〉登了我的書評跟一張很大的照片，兩個曾經見過面的網友打電話來，「那個，我好像在報紙上看到你的照片！」「原來你是作家啊！怎麼不早說，我要去找你的書來看。」掛掉電話後我去辦了另一隻手機跟門號，把原來那個門號直接轉入語音信箱。朋友笑我不懂網路生態，「大家都有兩支手機啦！一隻是用來給網友的，誰會像你那麼笨把自己眞正的電話號碼給別人。」

於是我知道，我的聊天室生涯跟見網友的日子已經正式宣告結束。倒不是覺得自己名滿天下走到哪都會被認出來，只是原來那種匿名性的特殊氣氛與跟陌生人聊天見面的新鮮感都被這兩通電話給破壞了。

在那段時常上網路聊天室的日子，我也見了不少網友，一開始我並非帶著想要「偷故事」或「交朋友」的心態去見人，只是覺得新奇而已。

仔細算算，我見過的網友應該超過十五個吧！除了少數幾個人，其他人我從未見過他們第二次（倒不是因為他們條件不好或怎麼的，只因爲本來我就不想交朋友啊！）。不知道是因爲我親切有禮還是對方寂寞難挨，幾乎每一個都不斷打電話來約我出去，有一段時間我只好一直拼命地過濾電話。

這世界上的人眞是什麼樣的都有（這我從小就知道了），但我喜歡的是那種先從文字裡認識、接著講電話聽聲音、然後見到本人，那種充滿想像與答案揭曉的過程。或許個人偏好，我並不想見什麼帥哥美女，反而對做特殊職業的人有興趣。當然一開始都會先簡介身高體重，有的人也會描述自己的外表，不止一次我都被問到：「你覺得你長得像哪個女明星？」這種人我一定不會跟他見面，因爲這問題太可笑了，難道這些人都夢想著會在網路上遇見長得像林志玲或侯佩岑的人嗎？而且我見過一個說自己長得像劉青雲的人（恰巧他是我除了梁朝偉張曼玉王菲以外最喜歡的港星），但實際上見了面，對方雖然不醜，卻跟劉青雲沒半點關聯，那個人在釣蝦場工作，肌肉練得不錯，個性也算有禮貌的，但對於我不肯再見他卻一直耿耿於懷（我從沒給退過貨！他一直在電話裡哀嚎，好像我是購物頻道的客服專線）。

我萬沒有嘲笑別人的意思，我自己也有被退貨放鴿子的經驗，那次是跟某個人約好一起去西門町看《神祕河流》，結果到時對方根本沒出現，我並不覺得受傷，只是氣他害我差點錯過了電影開頭。後來我就不再跟人約在離我家超過五分鐘距離以外的地方見面以免我白跑一趟。

我每回撒謊就會露出馬腳自己先心虛了起來（在小說裡虛構跟對人當面撒謊完全是不同的事），上過幾次女同志聊天室，見了三個網友，感覺都是很好的人，其中一個還碰上我突然胃痛緊急送我到醫院去急診，陪了我一整夜，後來還斷續變成我的朋友。另一個無論在網路上或電話中我們彼此都對對方很有好感（那是我第一次體會到有人會對沒見過面的人產生奇妙的的感覺），從認識到見面的半個月我們每天都講超過一小時的電話，約好見面那天我簡直是忐忑不安到極點，還特別打扮了一番。對方也確實是長得很好看的T，但我們都知道彼此不是對方的「菜」，後來逐漸失去聯絡（你簡直不知道那種好感是怎麼出現又消失的）。跟這些人見面的過程到最後我都會很老實地承認自己就是陳雪，而其中有兩個也確實都讀過我的書，於是後來我就對上女同聊天室失去了信心。

見男人對我來說是很輕鬆簡單的事，我對拒絕女人（即使是T）

心裡都會多少有些難過或不安，但對於拒絕男人倒是半點猶豫也沒有。

我見過一個當代書的四十歲男人，他開BMW車帶我去眞鍋咖啡吃晚餐，後來還一起去唱KTV，這人自稱有三個老婆無數個女朋友，我問他：「如果你去見其他女人時發現你老婆跑去跟網友唱KTV你會怎樣？」他說：「我大概會羞憤自殺吧！」我笑他很神經：「難道你希望這時間你老婆在家裡織毛線衣嗎？」他說：「你不懂啦！當男人眞的很可憐。」我眞的看不出他有何可憐之處。

還有個網友在整個見面的過程都不斷地對我說他見其他人的經驗，他說曾經騎摩托車到了指定地點，結果出來的是一個坐著輪椅的女孩子，他們就在那個女孩家的門口聊了半小時，此後那女孩卻怎麼都不肯再接他電話。另一次，有人自稱是高中女生，他到了那家高中附近等，結果出來的卻是裡面的教務主任，四十幾歲精爽幹練的中年女人開著Volvo轎車帶他到附近賓館去開房間，他嚇得奪門而出。

又有一次，跟一個人聊得挺好，約好時間地點之後，他突然說：「我有點胖喔！」我問他「有點胖是多胖？」他說「一百八十公分一百零五公斤，你現在反悔也沒關係啦！」那種時候我怎好意思反悔，結果來了一個確實很胖的年輕男生，開著跟哥哥借來的Toyota轎車帶我去基隆吃海產。過程其實蠻愉快的，但會面結束時我跟他再三強調：「以後我不會再見你喔！但不是因爲你體重的緣故，我本來就不喜歡跟人見第二次。」但我很懷疑自己到底有沒有說眞話。

我曾見過一個專門收集腳踏車跟重型機車的四十歲男人（他說自己有十四台單車跟三台重型機車），第一次見面他騎著750cc的大車來載我去烏來吃山產，光是那個安全帽據說就要兩萬塊，一路上他火速狂飆我卻腰痠背痛苦不堪言。第二次他騎著單車從北投到我家，我下樓時看到他滿頭大汗帶著口罩、安全帽、護膝護肘全副武裝的正經模樣，眞的好想笑，往後他再約我我就不肯出去了。

還有一次我因爲急著寄一個包裹到美國去，我家附近又沒有郵局，於是我到聊天室去問有沒有人可以「載我一程」，結果來了個當藥廠業務的三十歲男人（這個人反而眞的有點像劉青雲），開著白色小March，載我去郵局寄包裹，之後還請我去一家很有意思的小店喝下午茶，跟我講了一大堆匪夷所思的事，關於他是如何去巴結那些教學醫院的主任大夫、請他們上酒家洗溫泉送大禮（別告我，以上都是我聽來的），後來我在電視新聞看過一個報導爆料講的正是這種事。

我也見過在網路上大放厥詞，說話非常憤怒低俗的人，因爲幾乎每天都看見那人在那兒亂放話，好奇之下我就去跟他聊天，結果聊天的過程卻是個很嚴肅的人，見面之後我才知道他只有十七歲，瘦小的個子帶個老土眼鏡看起來很膽小，見到我好像要哭出來的樣子，「對不起我沒錢只能請你吃麥當勞。」他說，根本是個害羞而退縮的小孩子啊！後來還是我請的客。

有些朋友對於我這樣跑去跟陌生人見面的舉動都很緊張（要是碰上壞人怎麼辦？），我想大概也有讀者會認為我是在玩弄別人的感情，或者性格放蕩之類的。但其實我只是對「人」有無窮的興趣，我喜歡去想像那些跟我見面的人會穿著什麼衣服、長得什麼模樣，他們會開什麼車，講些什麼話，我想要知道大部分的人在聊天室裡想要尋找什麼，而他們／她們又會如何去表明自己的意圖。我很慶幸我從沒遇到壞人（因為我很小心篩選啊），非常可惜因為自己某些因素再也無法自由且任性地繼續這些行徑。

寫下這篇文章作為見網友的紀念。感謝這些陌生人給予我短暫的善意，即使他們或者另有所圖我也並不會因此怪罪。

躲警察的夜間同盟

那晚，從捷運忠孝敦化站六號出口直奔誠品敦南店，跟朋友W約好九點見面已經遲到，遠遠望去書店附近跟往常氣氛不同，原來是那些地攤都不見了。眞奇怪，今天晚上是怎麼回事，每次來逛書店我都會順便買點小東西。走上階梯到了誠品門口，W卻遲遲不見人影，我找了個位置坐下抽菸等人，不經意瞥見旁邊坐著的男人打開白色藤編三十公分見方的箱子，裡面都是耳環首飾，「你等一下還要不要擺？」我面前站著一個頭戴窄編圓頂小帽黑色背心軍綠色垮褲球鞋的男孩子說話，我旁邊那個男人回答：「再等等看吧！」「再等下去都沒客人了。」我轉頭，講話的是一個穿著民俗風化著娃娃妝的年輕女孩，「晚一點要不要去打撞球？」我面前的另一個打扮有點像小號周杰倫的男生問那個娃娃妝女孩，然後其他人湊過來開始七嘴八舌說起話來。這才發現我以爲跟我一樣在等人的那些年輕人，都是擺地攤的，原來剛被警察抄過所以攤子都急忙收了，個個拎著提箱家當「正在避風頭」。他們看起來都是熟識，好像都是一對一對情侶檔，我猜想，這些人會熟悉起來是因爲每天都要上演幾次「躲警察」的戲碼，警察一來奔相走告收拾細軟就到誠品門口聊天，常常這麼著，不熟也難。

這是台北近年來的夜景之一，入夜之後，台北各大商圈騎樓、捷運站出口、百貨公司附近常常可見許多年輕人擺著一個手提箱販賣各種東西，我常爲了省錢搭捷運不坐計程車，但結果一出捷運站卻忍不住買了衣服皮包，結果花掉更多錢。這些地攤賣的東西都時髦流行，跟我很喜歡逛的黃昏市場完全不同（黃昏市場可以買到一件三十五元的衣服跟褲子），在林森北路附近的地攤賣的東西甚至比一些小店還貴。我聽說那都是賣給附近酒店上班女郎的，當酒客帶她們出場時，就撒嬌跟客人說要買這買那，隔天還可以拿來退錢（算是酒店小姐跟攤販的一種共生方式），這種非常都會的營生襯托著台北市的五光十色，成為除了夜店之外另一種迷人景象。因應每一區的氣氛與背景這些地攤的擺攤人跟貨色又有不同變化，最為經典的當然是作為台北文藝地標的誠品敦南店門口的地攤，光是看這些年輕人一身時髦的行頭就令人嘆為觀止，他們賣的東西也有別於其他地方（台大誠品門口也有幾攤賣民俗風衣服、耳環首飾的小攤，但她們不是擺在地上而是有個小鐵架作支撐，攤子數量也不多）。

自小我就跟地攤脫不了關係，童年時跟家人以擺攤賣衣服為生，我自己大學畢業後也跟女朋友一起擺了一年多。這幾年常出國，每到一個國家我必探訪的不是什麼名勝古蹟而是傳統市場跟夜市，我見過的各種地攤、夜市商展不計其數，然而台北近年來盛行的「007手提箱地攤族」卻讓我大爲驚嘆，那與我成長環境所經歷的「武場叫賣」「吉普賽游牧」的夜市攤販都不同。

通常是這樣的，他們的生財器具大多就是一只提箱（大小都有，顏色各異，早期都是鋁製或黑色貼皮，最近流行的則是LV、COACH等名牌的花色，這種箱子在五分埔就可以買到，需要什麼特殊規格還可以訂做），賣衣服的則會用一張大塊布把衣服褲子等都整齊擺好，警察來時只要仔細捲起來，到時一攤開又是整整齊齊隨時可以上場。這些攤販（我知道他們一定不喜歡被叫做攤販）不做生意時看起來跟一般逛街的青少年沒有兩樣，他們不會像我爸媽夜市裡的人那樣腰繫著霹靂袋還綁著裝貨的塑膠花袋、穿拖鞋短褲，也不像菜市場的小販那樣滿頭汗水灰頭土臉，他們不大聲吆喝有時也不怎麼殷勤攬客，不需弄鐵架、電燈、推車，就一台摩托車，一只皮箱，頂多加上一個超大的漂亮購物袋，像登台表演那樣，咻一聲，忽來忽去，擺攤收攤都迅速俐落，好像等會收攤立刻就可以去錢櫃KTV續攤。

一根菸沒抽完，轉頭，剛才空蕩蕩的街道上已經有一排八個攤位擺好了，我不禁目瞪口呆，再回頭，剛才還聚著討論要去打撞球的幾個人也消失不見，我再望向街道那邊，遠看彷彿默劇表演，那幾個男孩女孩以一種舞蹈般的熟練技術快快將箱子打開，整理一下貨品，有個女孩拿出一捲布慢慢攤開，裡面的T恤牛仔褲就這麼乖乖地沒一個跑位，突然間，所有攤子都擺好了。

這時我朋友出現了，「看什麼這麼出神，叫你幾次都沒回答。」W問我。

「看人擺地攤啊！」我回答。W一臉疑惑，「你自己擺過地攤還有什麼好看？」他說。

「這不一樣。我沒擺過這種的。」我回答。這時我突然想起去年曾經幫朋友顧過一次攤子，在Sogo百貨附近，我那朋友是大學生，暑假打工賺錢。那附近也是盛況空前，她賣的是從朋友那兒調來的「仿冒品」，除了怕警察開單，更怕被查仿冒的抓（抓到不但得罰錢，弄不好還得吃官司），那些貨色維妙維肖，價錢也不便宜（當然利潤也較高），據說是從五分埔熟悉的人那兒透過管道才能拿到。我本來只是去看看她，到的時候也是不見人影，原來躲警察跑到附近網咖了，過了半小時聽說警察已經走掉，我又陪著她們回去擺攤，那一帶有上百個攤位，街頭那邊聽到風聲立刻有人來傳話，大家都相熟，要買什麼還有折扣。我們把攤子擺好，剛賣掉一個Gucci馬鞍包（一千八百元），沒一會聽說警察又來了，七手八腳趕緊收拾，我幫忙提了一包貨，就跟著她們往二樓的麥當勞衝，中途我的涼鞋掉了，回頭去拾還差點跌倒。等我上樓我朋友竟把貨物都扔在樓梯間，不知跑哪去，我擔心東西被偷只好傻傻站著顧那些仿冒品，心裡有種悲慘的感覺，從小到大什麼陣仗沒見過，但我卻擔心我第一次進警局會是因爲身邊那些仿冒的名牌包包。

W拗不過我，陪我逛地攤，一陣子沒來了，這些攤子都是我沒見過的（見過大概也忘了）。果然如我想像大多是情侶一起顧攤，這種攤子成本小，不到一萬元就可以做生意，兩個人一起顧大概也是圖個有伴，有人賣衣服有人賣皮包有人賣皮雕名片夾，有人賣自己做的珠珠項鍊跟手工藝品，還有個男生賣的是號稱從日本帶回來的公仔精品（那些東西造型奇巧極有創意），我卻無意中看見一個印有日本字的迷你熨斗上寫著「Made in China」。另一攤的衣服樣式都好別緻，賣衣服的女生長得很漂亮，我拿起一條褲子比比看長度，她對我說：「這些褲子都可以試穿。」我問她去哪裡試穿，她說：「誠品地下二樓的廁所。」（書店一定不知道這裡被當作試衣間了）另一個客人跟她殺價，她有些不悅地說：「我們這裡又不是菜市場，賣的不是廉價貨啦！這些都是韓國帶回來的。」

其實我知道，有些確實是自己出國從東南亞或日本韓國跑單帶回來的，但有些去五分埔就可以批到貨，可無論如何，這些攤販（或者該說他們是 SOHO 族呢），他們看來或許都很時髦，不喜歡上班領固定薪水，年紀大多是七年級，但絕對是可以吃苦的。沒有跑過警察的人不知道其中甘苦，雖然攤子小說收就收，但那種每天看警察臉色吃飯提心吊膽的生活，絕非一般上班族可以體會。我邊走邊逛，看見有個攤子竟是「塔羅牌占卜」「隨心意付費」，我忍不住想起曾在洛杉磯的威尼斯海灘看見各種好玩的攤子，有一家老小黑人表演打鼓，有人用機具吹出好大的泡泡，有人幫人按摩解夢，還有個老頭在賣自己寫的詩集。

我想，等到誠品附近開始有作家詩人拿著自己的作品來擺攤，台北，就差不多是我很喜歡的那個樣子了。

MSN情人

不知何時養成了這種習慣，在家的時候每天睜開眼睛第一件事就是把電腦打開，然後走進浴室刷牙洗臉，再繞回電腦前開啟outlook收信，一收信我的MSN就會自動開啟，邊吃早餐我就邊瀏覽信箱裡的電子郵件，突然電腦喇叭發出叮咚聲響，螢幕下方出現「一起床就頭痛」登入MSN的訊號，「在嗎？」一起床就頭痛說。

當然沒有人跟我說話，發出訊息的是我的朋友M，M在某出版社上班，他的暱稱每天更換，昨天他還是「颱風颳走陽台所有植物」，今天已經變成「一起床就頭痛」，如果我不去點出他的帳號我根本認不出誰是誰。我不想跟「一起床就頭痛」聊天，但也沒把他的名單封鎖刪除（很久之後我才曉得有這種功能），因爲有工作上的事情常常需要聯絡。不久後其他朋友紛紛登入了，我看著一個又一個暱稱登入但我沒有去呼叫誰，我開著MSN是因爲在等我情人的訊息。只有「K」登入的小小畫面出現時我心裡會出現一陣歡呼。但爲了等K的訊息我得跟一大串人打招呼，於是我把狀態設爲「外出用餐」，這是我跟K的暗號，表示我並沒有離線也還在位置上，只是我不想跟其他人聊天。

不久前電視新聞報導某家公司禁止員工上班時使用MSN，引發正反兩面不同意見，但衆所周知，現在的上班族大多依賴MSN聯絡公事、哈啦打屁，讓員工分心失神的情況比偷偷上色情網站還要令老闆頭痛（說不定還助長了婚外情的發生率）。早年流行ICQ我沒跟上時代，BBS站、新聞台、個人網站我也都不常使用，想不到多年後我竟成了一個MSN愛用者（雖說有一段時間我經常流連在網路聊天室）。日前我去下載了MSN7.0版本，被當今流行的動畫字困擾得要命，有幾個朋友就因爲一句話裡出現超過兩個動畫字而被我列入封鎖名單（我簡直看不懂那些動來動去的圖畫組合起來到底是什麼意思，而傳來這種訊息的竟然是個四十幾歲的大人）。

開始會使用MSN是一個聊天室認識的男人教我的，透過電話跟網路他一個口令我一個動作安裝了這個軟體，後來我才知道原來這樣可以方便傳輸照片（算是驗貨的程序之一），又可以一對一聊天。自從安裝了MSN我發現身邊朋友早就在使用這個風靡一時的新玩意，但我還是喜歡用email跟人寫信往來，不太喜歡線上即時通訊這種看似在寫字其實是在講話（文字語言的界線似乎消失）的溝通方式。有一次網路上認識的人約了去MSN聊，一開啓視窗他問我要不要看他視訊，我說好，視窗裡竟然出現那人裸露下體的特寫，我不怕暴露狂，只是覺得那人自我介紹的方式眞是可笑又唐突。剛開始使用時我只把這玩意當成方便與網友認識往來過濾的管道，後來逐漸我的朋友也都用MSN和我聯絡，有時一口氣開了三四個視窗跟不同的人聊天我簡直要精神分裂。

就在我幾乎要對此失去耐性的時候，我有了一個遠在異國的情人K，寫信講電話都不夠（電話費更是貴得嚇人），我開始用MSN跟網路電話跟K密切通訊，才眞正體會到爲何MSN會如此風行。

我跟K試驗過許多種來往的方式，我們曾有過短暫的相處，相隔兩地之後不斷地寫電子郵件、講國際電話，始終無法消解相思的痛楚，時間總對不上，計算著電話費的壓力之下也無法暢所欲言，後來我才想到應該用MSN，於是我跑去買了視訊照相機跟耳機。拜科技所賜，我們一邊打字一邊看著對方的面孔與動作，如果把耳機打開就可以跟對方說話（但大部分的時間其實都只是在打字）。第一次使用視訊裝置我簡直目瞪口呆，無法相信我竟然像衛星連線一樣突然看見了久違的情人，相隔千里卻彷彿如在目前。那種超越時空的接觸似乎縮短了我跟K的距離，我把新出版的書放在相機前面秀出來，K則給我看了新買的短褲。我們互相傳遞好笑的符號，當說不出我愛你的時候就去表情符號表送給對方一個紅唇或一個擁抱，以往我覺得可笑極了的幼稚舉動卻發生在我身上。因爲打字太花時間，久而久之我也開始打注音字與同音字（因爲不想再花時間去選字），慢慢地我也學會了用「掰」「881」這些代號，我一直都無法習慣動畫字，但K傳來的幾個字卻讓我感覺逗趣可愛。

逐漸地，在寫作的時刻我盯著電腦螢幕經常分心，我也慢慢理解其他人透過MSN想要對我傳達的（當然不是要跟我視訊做愛啦）。我有些朋友平時木訥寡言，在MSN裡卻顯得風趣幽默（如果巧妙地使用動畫字、表情符號確實可以增添效果，反之則只會使你自討沒趣）。我認識一個非常孤僻的人，她連手機都不肯使用，家裡的電話線只接到傳眞機，但我卻可以用MSN找到她（此人在MSN可聒噪極了）。我那些在公司朝九晚五上班的朋友經常探頭探腦利用上班空檔在MSN上抒發對老闆的不滿，有些人因此找到偷腥的便利管道。有些人把MSN的暱稱當作是了解朋友狀況的管道，失戀、加薪、歡喜悲傷、甚至是看了一場電影，那些短則三五字長到數十字形形色色的暱稱就是他們的心情寫照。我有一個朋友無論到哪都要用MSN跟朋友哈啦，她的PDA手機就可以上網，連開個車都不忘記把MSN打開，停個紅燈她也要傳幾句話過過癮。

前幾天不知爲何我跟K聊著聊著竟在電腦前開始互相調情、寬衣解帶，久違了的熟悉身體出現在小小的視窗裡就只是一小部分，頓時我恨不得可以把視窗整個打開，變成一百八十吋大螢幕把她看個夠，恨不得K像電影《開羅紫玫瑰》那樣從畫面裡走下來變成一個眞人。

等我恢復神智的時候我們已經透過視訊經歷了一場虛擬性愛。過程裡我看見自己在螢幕上動作著（天啊那不是色情影片嗎），看見K的身體又遠又小躺在一張單人床上，因爲整個過程太過興奮刺激我們都忘了如果有第三者看到這畫面大概會覺得我們很可笑（幸好當人們做愛的時候大多不會有第三者經過）。

那既眞實又虛幻，我感覺好困惑，因爲即使可以清楚地看到對方，聽見對方，但卻加深了不能見面的痛苦，事後好幾天我只要一靠近電腦眼前就會出現K在螢幕裡裸裎的身體，近在咫尺卻又遠在天邊，看得到摸不到，我被這種複雜的感受弄得好想哭。

有天我收到K飄洋過海寄來的明信片，小小的紙張上寫著密密麻麻的文字，我捧著那張紙片看了又看，突然感受到白紙黑字的強大力量，即使那紙片上並沒有辦法看見K的臉也不能聽到她的聲音。但我立刻回到電腦前查看K是不是在線上，我有很多話想對她說，此時只有MSN可以救我。

我深切理解，無論使用任何工具，無論方便與否，我們在尋求的都是與他人的連結與溝通。工具的方便與快速顯示出的卻是更大的焦躁渴求，這些訊息透過看不見的寬頻網路將我們帶到我們想去的地方，但改變的只是形式，我們透過各種方式在尋求的都是「溝通與交流」。優點與缺點都是一體兩面，我體會到MSN使我能夠不出門就可以跟情人朋友通訊，但有時我感覺自己被困住了，困在書桌前等著MSN傳來情人的訊息等得眼花撩亂。我看著許多人登入但我卻只想把MSN關掉，我努力控制自己不在白天打開MSN以免影響寫作，我一邊享受著花費便宜方便迅速的網路，一邊卻努力存錢想要飛去跟K見面，每每見到那些可以隨意在MSN上聊幾句的朋友本人時我還是一陣驚喜。我經常擔心日子逐漸過去，K或我都會逐漸因爲不能見面而感情淡漠，我們都可能會去尋求可以直接碰觸的、說話的對象，而逐漸疏離了對方。科技的發達讓人們變得越來越貪心，我年輕的時候沒有電腦沒有網路，寫一封信到美國得花十六天才送達，等到回信寄來已經過了一個多月，現在寫個e-mail立刻就可以傳送，如果不夠快還可以打手機。而MSN將這一切都結合起來，我卻還不滿足，我爲了可以在電腦上看見她但不能眞實碰觸她而痛苦，我已經被這日新月異的網路世界把胃口養壞了。

就在寫這文章的同時，K出現在MSN裡，我不知道該哭還是該笑，於是按下傳送檔案把這文章傳了過去，「存夠了錢我就去看你。」我打出這個句子，然後K傳了一個笑臉給我。

愛情騙子

最近關於名人被設計「仙人跳」的事件鬧得滿城風雨。我一直對於「仙人跳」這名詞有著好奇，彷彿那其中過程有著什麼幻術使人迷魂失心，又好像是一種多高明的伎倆，但事實上過程跟「金光黨」極爲類似，既不是魔術也非特異功能，只是美女加黑道的組合，當事人本以爲走了桃花運，後來才知道對方早已設下陷阱等著你一步一步往裡跳。兩相比較之下「仙人跳」的下場通常是糾纏不清，無底洞般的無止盡威脅勒索，但「金光黨」卻是來去一陣煙，現金變罐頭。

不久前我朋友的媽媽碰上金光黨被糊裡糊塗騙了三十六萬，差點因此想不開跳樓自殺。我看過許多關於騙子的報導或電影，手法最老套可也遺害無窮的就是金光黨，他們專挑老人下手，看上的就是老人家身邊多半有點養老金，不是放在郵局的定存就是塞在枕頭裡的大把紙鈔。此類詐騙情節如出一轍，多半是三人一組，一個扮有錢的傻大個，一個扮好心的路人，另一個則負責搧風點火，說那個傻子錢多得沒處花，「不給咱們騙也會給別人騙去」，受害者不知爲何總是不敢當場點閱那些換來的大鈔，回到家才發現捧回的兩大袋紙鈔只有上面兩張是眞錢，底下都是磚頭。我朋友說他媽媽堅持一定是被下了迷藥，因爲平時也看電視新聞知道外面壞人很多，自己也不是貪財之人，絕不會無緣無故去相信別人的話，她說一定是被騙子集團裡的婦人拍了肩膀就此心神恍惚，不能自已，一切如夢似幻等到清醒過來已經人去樓空。朋友的媽媽最感傷心的是，碰上這種事不但被騙了錢財，還要背上「無知」、「貪小便宜」的污名，心想平時看新聞時也常笑人傻，結果有一天自己竟然跟電視新聞裡報導的那些人一樣上當受騙，滿腹委屈無從申訴，因爲怎麼想都覺得是自己不對，只想一死了之。

我驚訝於這樣的事情幾十年來從不改變。年輕時聽過一個男人講述朋友被金光黨騙的事，那人當時被騙是因爲「想看色情錄影帶」，二十年前還沒有第四台彩虹頻道，一台錄影機要價兩萬多元，有錢還不一定買得到，那人也是碰上三人一組的集團，半哄半騙以一萬五千元成交，賣了他一台錄影機和三捲色情錄影帶，那人高高興興吆喝三五好友準備到家裡來看A片，打開紙箱子一看，裡面竟然是排得滿滿的沙丁魚罐頭。

上當受騙的經驗我想大多數的人都有，情人言語上的欺騙、買了名不符實的物品、到風景區遇到鏢客買回鹿茸惹得一肚子氣，小則被黑心乞丐騙去同情心與零錢小鈔，大則被詐騙集團轉去戶頭所有存款。有些人被騙了情感，有些被騙了錢財，最可怕的是人財兩失，破財又傷心。

騙子總是要有「假貨」用來騙人，上述的磚頭或罐頭不奇怪，我朋友到大陸去買乾海參，回家用熱水泡了老半天總是不發，後來才知道那塊海參竟是用水泥做成的，那些「假貨製造商」的豐沛想像力簡直令人瞠目結舌。現在流行用「黑心」來形容假貨，這詞用得眞好，買了一塊水泥海參大不了泡不發，買了仿冒櫻花包頂多是被海關人員說笑，買到喝了會瞎掉的假酒豈不倒楣？最可惡且低下的騙子是去詐騙水災或地震的受災戶，或者僞裝社工人員把老榮民伯伯的退休金騙個精光。

說起騙子跟黑心貨可以說上幾天幾夜說不完。除了詐騙集團、金光黨、仙人跳，我最想深入研究的是「愛情騙子」，這與「仙人跳」的設計又不相同，過程複雜得多。不久前新聞報導有十二金釵專門找科技新貴，假裝與你戀愛但其實是要騙你去買靈骨塔或假的度假中心會員證，後來還有某金釵因此自殺。一般人可能很難想像為何談個戀愛卻要花大錢買靈骨塔，而當事人還不疑有他，但此類行為不正到處充斥嗎？日本人做過「性愛成本」的統計，光是情人節要找個女生一起過節，除了送花送禮還得找餐廳找旅館飯店，整套行程花起來沒有上萬塊幾乎辦不到。如果交往買的不是靈骨塔或會員卡，而是花大錢送名牌包包服飾，分手時可否歸屬詐騙行為？如果沒有被騙錢只是被騙了感情可否提起告訴？而且，要到什麼程度才算是被騙呢？

愛情騙子可不是只有漂亮的女人，也可能是看似英俊多金的帥哥。我曾認識一個二十八歲的年輕女孩，長相清秀身材匀稱，一次與她在酒館喝了許多酒，她對我道出自己被「愛情騙子」一步步拐騙上當的經驗。

她說兩年前他們是在一家百貨公司的某精品專櫃相遇，男人高頭大馬穿著得體談吐不俗，渾身上下都是高檔貨，主動來跟她攀談，誇她漂亮讚她優雅要了她的電話，此後開始發動猛烈攻勢，送花送禮，禮物都是名牌貨。那人每日到她公司站崗，照三餐打電話，一個星期過去女孩就接受他的約會邀請，約會後每次也都是去高級餐廳，而且還派司機開著賓士車來接她。那男子說他們家的企業是專門併購別人的公司點點點，他講了一大堆她聽不懂的工作內容，女孩只覺得奧妙精深一定是什麼大企業，男子看她一頭霧水的樣子於是對她說：「你有看過《麻雀變鳳凰》嗎？就是裡面的李察．吉爾做的那種工作。」我真佩服這男人想得出這種比喻，簡直是巧妙的雙關。

我問她到底是怎麼被騙的？難道那人也拿出什麼鬼玩意叫她買嗎？不是，女孩猛搖頭。「過程很複雜，」女孩說。

她說兩人甜甜蜜蜜交往一個月之後，有日那男子面有難色，吃飯時悶悶不樂，在床上鬱鬱寡歡，她問他「怎麼了？」男子說他剛接手公司，裡面的大老對他不服，他準備找另一個團隊來將那批大老整個撤換。又說剛接手一個什麼「併購案」，需要準備大量的資金，並開始說起公司派系的鬥爭家族裡的內訌，內外夾攻簡直快把他逼瘋。女孩有聽沒有懂，只知道自己的愛人面臨險境自己應該幫忙，於是她問了聲：「我可以幫上什麼忙嗎？」男人溫柔地握住她的手說：「你願意陪伴著我就是對我最好的安慰。」女孩感動得幾乎要痛哭流涕。

但那天後男人突然消失了，打電話也不接，女孩急得團團轉，好不容易三天後找到那男人，男人說因為某個廠商支票退票，他正在籌錢，弄得焦頭爛額，女孩又說了句致命的話：「現在還差多少？」男人說：「我已經籌了三千萬，現在只差一百五十萬。」

就這樣，女孩說那時她一心只想幫他，於是解了銀行定存單，把手上所有的五張信用卡都拿去提領現金，籌了六十萬給他，那天男人送了九十九朵粉紅玫瑰給她，信誓旦旦地說：「明天我就帶你回家見我父母。」

此後，那男人就徹底從人間蒸發。

手機停止使用，家裡電話是空號，女孩想起男人給她的名片，結果根本沒有那家公司，左思右想根本無計可施，只好硬著頭皮跑到他住的高級大廈去查看，大廈管理員告訴她：「小姐，你已經是這個星期第三個來找人的啦！」房子是租的、車子是租的、司機也是租的，男人給她買的項鍊是夜市一百元一條買來的，名牌包包跟首飾全是仿冒，只有玫瑰花是眞的。

她沒有去警局報案，因爲覺得自己「羞愧至極」，因爲她手上沒半點證據，她甚至不敢告訴朋友跟家人，只能兼兩份工作省吃儉用慢慢把債都還清，但心理上的創傷卻無論如何無法平復。我問她最覺得受傷的是哪一部分，她說：「我覺得我是被自己的夢想給詐騙了。」她說如果不是她一心嚮往那種豪門生活，又怎會糊裡糊塗把畢生積蓄交給一個才認識一個月的男人，「但是，我長這麼大從沒住過那種漂亮的大房子，從來沒有搭過有司機的高級轎車，從沒有吃過一頓三千元的法國菜，那時我眞的以爲自己變成了公主，很快就要過著幸福快樂的生活。」她說那時當她提著LV包包跟男人並肩走進遠企飯店，隨著電梯一級一級往上升，只感覺飛上了雲端。

「最可惡的是連那個LV也是假的！都怪我自己從來也沒買過眞的LV，所以根本分辨不出眞假。」說到這裡她終於哭了起來。我看著在我面前哭花了妝的年輕女孩，微醺的臉上依然秀麗，我試問自己，如果我也遇上這樣的事情是否會上當受騙？我心裡是否也存有對於麻雀變公主的夢想？無論是科技新貴或市井小民，不管是對於「王子公主」般愛情的夢想，是對於美好生活的憧憬，或者對於名車豪宅華服美食的想望，我們或許也是他們其中之一，金光黨不用給我們下迷藥，因爲打開電視機就有一堆人忙著幫我們催眠，我們都想隨著那快速電梯而登上幸福的雲端，只是還沒失足墜落。

何謂性醜聞

前兩天因爲玻璃娃娃上網交友被恐嚇的新聞鬧得滿城風雨，昨天我在某電子報看到一則報導，內容如下：「玻璃娃娃虛擬性愛事件傳出後，引起人們對行動不便者性需求的關心。台北縣立醫院醫師認爲，只要神智清醒，即使全身動彈不得，也可能有性需求，若能適時DIY宣洩一下，問題就可獲得紓解。台北縣立醫院泌尿科主任和身心科醫師都指出，男性只要大腦正常、能分泌睪固酮這種男性荷爾蒙，就可能刺激產生性慾……」

這個報導簡直叫我目瞪口呆，這裡面有什麼特別的見解嗎？玻璃娃娃也會有性慾、罹患罕見疾病也會有性慾、身心障礙者也會有性慾，這還要醫師來告訴我們嗎？那些醫生說：「若能適時ＤＩＹ一下，問題就可獲得紓解。」我不太明白這裡所指的「問題」是什麼問題，是指「性慾問題」嗎？此篇報導的標題為「玻璃娃娃性慾正常」，如果這幾位醫生的結論是「性慾正常」，又哪來的問題？看了半天我才理解，醫生的意思是說，玻璃娃娃也會有性慾是「正常的事」，如果玻璃娃娃ＤＩＹ處理自己的「問題」，就不會遭到恐嚇。這些醫生可能沒有認眞看那新聞，因爲透過網路網交本來就是ＤＩＹ的一種，只是你得對著電腦螢幕做給另一個人看而已，所以這篇報導應該加上「請躲在棉被裡獨自進行ＤＩＹ問題就可獲得紓解」。

本篇報導又提到因爲此新聞引起人們對行動不便者性需求的關心，我看不出來社會大衆對於行動不便者性需求的關心在哪？不就只是叫他們「DIY」一下就好，免得惹禍上身嗎？整件事情發生至今，除了當事人勇於公布整件事的始末（甚至還公開了可能會被歹徒拿來威脅的裸照），除了報導他個人面對生命的勇氣，以及他七年苦戀卻落得被對方父母反對的下場，我看不到其他更深入的討論。首先我要對這個玻璃娃娃表示敬意，因爲他的現身，斷絕了歹徒對他「恐嚇的來源」，這可不是誰都做得到的。這件事並非「醜聞」，是社會眼光把他看成了醜聞，上次朱木炎事件也是如此。凡是扯到性就變成了醜聞，問題是，不管你是什麼身分什麼職業，你的身體狀態如何，任何人只要發生性行爲都可能被拍裸照（自拍、被偷拍、被側錄），寫的日記情書都可能被公開，不管是跟陌生人、跟網友、跟情人、甚至是夫妻，只要發生性關係，難保不會有證據落到別人手裡。然而，一張沒穿衣服的照片、一捲互相調情的錄音帶、一封內容火辣的書信、甚至是現場直擊的性愛光碟，這些之所以能夠被拿來當作威脅的證據，不是因爲物品的內容，而是人們看待它的眼光，懂得以此來作爲威脅的人深諳台灣社會民風，知道這點足以讓人「身敗名裂」。

有些人是因爲「有婚姻有伴侶」，如果與非婚姻關係的人發生性行爲（或者即將發生），在法律或道德上已先落了下風（台灣若想擠進什麼先進國家的行列，先把通姦罪廢除吧！最近動不動就拿劈腿事件大做文章也是充滿道德審判），如果被逮到證據，爲免東窗事發只好花錢消災。但也有人不在婚姻狀態，只是礙於身分地位，被拍到姿勢不雅的照片登在報紙上，眞是再慘也沒有的衰事。就算你既沒有結婚也不是什麼名人，戀愛時留下愛情紀念，分手後變成報復的工具，認識的不認識的人都可能會來恐嚇你騷擾你報復你（不但老公可能僱請徵信社監視你，連好朋友都會潛進你家裝針孔）。最安全的方式好像就是「不做」，跟性完全沒關係，凡事都ＤＩＹ最保險了吧！最好是連ＤＩＹ也免了。

當然不是這樣，爲什麼一個人與自己挑選的對象兩相情願發生親密行爲卻變成醜聞？醜的是打著網路交友卻行詐騙之事的人，醜的是埋伏在各處等著拍人家沒化妝穿比基尼在沙灘上曬太陽照片的狗仔跟刊登的媒體，醜的是把交往時拍的性愛光碟、親密照片分手後拿來威脅公開以行報復的人，醜的是，對於任何與性相關議題都大驚小怪、指指點點的大衆。一個會讓與性愛相關事物都可以拿來當作證據威脅恐嚇的社會，才是眞正的醜聞。

人人都愛看別人的醜聞，卻不知，活在這樣的道德標準中，下一個醜聞可能就是你。

酷兒時光

其實我真正害怕的是我無法處理更為具體的生命與我的牽連，
這點自知之明我還有，掛掉電話我心想，
嘿！我還是有理智的呢！我可沒寂寞到這種程度。

公園裡的陌生人

上個星期我到新竹去，朋友帶我去一個有護城河的小公園。我們在這小小的公園閒晃，走到一個很像裝置藝術的大型石柱圍攏成的小圓區塊坐下抽菸，突然一個三十幾歲臉色黯淡的婦人跑來對我們說：「請問你們有接觸過主嗎？」朋友拉著我的手示意要離開，但我不好意思。婦人身旁帶了一個大約七歲的女孩跟一個四五歲的小男孩，「你們知道無論如何主都是愛你們的。」婦人講話的速度很快而且都不肯斷句，看我們沒有抗拒就一路繼續說下去，這時旁邊的兩個孩子開始拉來扯去，伴隨著婦人越來越急躁的傳教言語，男孩抓住婦人的裙角，「媽我們走了啦！」婦人不斷地推開他，女孩拉著男孩的手兩個人開始扭打了起來。「可不可以讓我爲你們作個祈禱？」婦人說，我朋友幾乎要發脾氣了，但我覺得如果讓這婦人執行完這一整套儀式她心裡應該會比較好過。當婦人把手放在我朋友肩膀上開始呢喃著「……願主賜福……」一大串很拗口又聽不懂的句子時，女孩突然把男孩一把推倒在地，那個小男孩正好就倒在我們面前，開始忍不住放聲大哭。婦人的祈禱儀式還沒結束，我朋友把男孩扶起來，發現他的膝蓋破皮流血，我們倆忙著找面紙幫他擦拭，他媽媽還在一旁繼續那些祈禱詞。

朋友拉著我的手快步離開那個地方，但我們一直聽見男孩的哭叫聲，「媽，我好痛，我們走了啦！」「你每次都這樣！」婦人不斷大聲地對我們說：「要記得主愛你們。」我忍不住回頭張望，那婦人臉色悽惶一手牽一個孩子，像剛退駕似地還沒恢復清醒。

一個小時後我們買了蛋糕又晃回那個公園，公園裡只剩下幾個老人在大樹下聊天，河邊有個中年男人裸著上身從塑膠袋裡不斷拿出什麼一邊嚼吃一邊丟進河裡餵鴨子，男人的背上有一幅三太子的刺青。我想起剛才的婦人與小孩，或許婦人每個星期都這樣到公園來對陌生人傳教吧！這可需要很大的勇氣，但對她的孩子來說，媽媽一定是經常陷入將他們棄之不顧的奇怪氛圍裡，使他們憤怒又惶恐。一般小孩應該都是對父母充滿敬畏的，但我卻感覺那兩個孩子知道自己的媽媽「很怪」，只是礙於做小孩的身分，除了撒潑打架也沒其他辦法阻止。

有人信三太子有人信主耶穌，有些小孩則啥也不信只希望自己的媽媽不要那麼怪異地跑去對陌生人傳教。

失眠時該做什麼

大概因爲我常常掛在嘴邊或寫進小說裡吧，我自己長期失眠的私事好像已經是個「公開的事件」，最近又逢上失眠的高峰期，不能免俗又來寫寫失眠。

在我有限的藏書裡有好幾本關於治療失眠、討論睡眠、改善睡眠品質的書籍，學術的、醫療性質的、民俗療法、私人祕方等等都有（有幾本是關心我的朋友送的）。有一段時間我甚至收集各種號稱可以改善睡眠的「音樂」，那些音樂清一色緩慢空靈，有著小橋流水、蟲鳴鳥啼，大白天聽起來都讓人昏昏欲睡，但在失眠的夜晚聽來卻不見特殊療效。有次我買了一張「樹蛙」的自然音樂，結果某個夜裡因爲太過狂亂聽了那音樂竟然幻覺房子裡躲著一隻青蛙，害我找了一整夜。

一個長輩曾經好意勸告我：「何不利用睡不著的時間多寫些稿子？」這個主意聽來不錯，據說許多創作者都會在夜深人靜時出現特殊的靈感，像我這樣既不用上班也不用出門的人，晚睡晚起，甚至幾天不睡也不會有人管。但事實卻非如此，無法睡覺的焦慮會讓我失去創作力，甚至變得憂鬱低潮（後果簡直難以想像）。

白天與夜晚好像有兩個不同的我躲在這個瘦小的身體裡輪流出現，且絕對不肯融合地互相排斥著彼此。白天那個紀律嚴格地維持刻苦寫作計畫的我，偶爾現身在人群裡總是笑臉迎人，夜晚的我則膽小退縮、神經緊繃，小心翼翼開始我的睡眠儀式，十二點半一顆Atvian，一點鐘一顆悠樂丁，帶著書本上床（以及播放那些可笑的音樂），順利的話可以在一點半左右睡著；不順利的話會在兩點鐘發現藥效失靈，逐漸慌亂起來，若不是開始自暴自棄地把白天寫好的稿子一大段一大段地刪除，就會一直盯著電話筒，希望這時它會自動響起（眞希望有什麼單位可以爲失眠的人開一個專線，我想像中的接聽者深諳失眠者的痛苦，且言語得體，既不會叫你去練瑜伽也不會罵你是因爲不夠累才睡不著）。

總是在等待。失眠的時候可以做很多事，但最後我能做的就只是等待，等待睡意來襲，等待想通其實不睡覺也不會死，等待窗外天色變化，天空從墨黑轉寶藍，逐漸淡藍轉白，然後第一道刺眼的光線滲透進那些藍色之中。

我在天色終於大亮的時候只有一種想哭的感覺。

計程車司機

在台北生活免不了常得搭計程車，有時是因爲跟朋友混得太晚錯過末班公車，有時是因爲路不熟又趕時間無法搭捷運轉公車，有時也不過就只是因爲懶，圖個輕鬆便利，隨手一招，搭上小黃去哪兒都成。

有天我要趕去一個演講場合，照例攔了計程車就走，途中司機突然跟我道歉，說他剛才一閃神忘了轉彎，「下車時我會少收你十元車資。」他這麼說，其實他沒講我也不會發現路線有誤。「不好意思我剛才是因爲在看路邊賣的二手車所以才分心。」年約六十幾歲的白頭髮司機阿伯這麼對我說，我也就繼續與他攀談。

他說一直想換車，正在考慮要換瓦斯車（關於瓦斯車的優缺點他詳細地對我分析了），所以這陣子都在看車。「大部分的客人都不喜歡搭舊車，生意很難作啊！」阿伯有點感嘆地說。他說開車二十年現在是最難挨的時期，因爲競爭生意不好所以錢賺得少，這台開了十年的老車雖然盡可能地保養整理得乾淨，但經常被客人嫌棄，在路上轉來轉去明明路邊有人等車也不攔他的車，好不容易遇上客人攔車，有時還會因爲車子太舊的理由客人就拒搭。「那種心情眞的很糟，好挫折好難過，生意不好已經夠鬱卒了，我也知道客人有權利選擇又新又漂亮的車子搭，但你可以不要攔我的車啊，攔下來之後才又嫌車子舊，那是很大的打擊。」「我知道應該換車，但是生意不好哪有錢換？可是不換車生意更不好，天天這樣在路上亂跑也不是辦法，常常爲了這種事晚上難過得都睡不著。」「不過我已經決定，就算去借錢也要換車了。」阿伯的語氣裡有種說不出的感傷，我好擔心他說著說著會突然哭出來。

又有一次跟朋友深夜裡聚會結束搭了一輛車，上車不到五分鐘司機突然問我：「你有沒有覺得搭我的車特別舒服？」三更半夜我還以爲碰上怪司機，幸好剛才已經託朋友記下車牌號碼，於是安心地敷衍著回答：「嗯，還不錯啦！」「你知道我這是什麼車嗎？」司機不死心繼續問，我哪知道這是什麼車？不就是個計程車嗎？「我這可是BMW耶！」司機得意地說，「每個客人都說搭起來特別舒服，有一次一個年輕小姐跟他男友一起搭車，到了地點她捨不得下車呢！一直說我的車子坐起來好舒服。」穿著大花襯衫的司機看起來大約四十歲，開始滔滔不絕說起他的車子每個月要花多少錢保養維修，油錢一天就要多少多少，我閉上眼睛，只想叫他閉嘴。

此後，儘可能地我總是挑選比較老舊的計程車，一樣花錢花時間，舉手之勞，我寧可讓沒錢換車的司機多一點收入也不要聽那種BMW司機吹噓。

神祕電話

每隔一段時間就會被不知名的電話騷擾，那人總是打我的手機，不分黑夜白天，發作起來就會連著一星期拚命打，有時一天高達十幾次。「保密號碼」，手機螢幕這樣顯示著，我只要一接電話那邊立刻就掛斷（如果我不接那人會一直打到接通或關機爲止），這種情況已經持續了一年半。

我對於到底是誰、基於什麼原因要對我做這樣的事情一無所悉，那騷擾電話的模式太過固定使我相信絕對是同一個人打來的，我並不害怕也不痛苦，只是納悶。

電話的怪事在我的生活裡簡直不計其數，不出聲就掛斷的、自顧自說著猥褻話語的、不知道從哪裡弄來我號碼的陌生人每天播古典音樂給我聽的、陰魂不散的網友換各種號碼讓我無法過濾，什麼離譜的情況都有，但最令我百思不解的是關於生日的電話。

每年我生日都會接到一通電話，已經持續十一年了，打電話來的人是我大學畢業那年去應徵一家餐廳的服務生工作當時面試我的主管。我那時沒有被錄取，但隔年卻接到那個男子的電話，「祝你生日快樂。」那人這麼說，並且告訴我他的名字以及我去應徵工作的情況，「我已經離開那家餐廳了，但還是跟你問候一下。」我當時覺得很驚訝，因為對那人的姓名長相根本就不記得了，但別人祝賀我生日快樂我沒有道理要生氣，想不到，這樣的電話竟然連續打了十一年。

起初是打到我住的地方，後來是打我的手機（那時還是他留了話到我家，我又回撥了電話給他），這些年來我換過無數的住處，但這個手機號碼已經用了九年，有時候我是接到他的電話才想起那天是我的生日。

聲音醇厚咬字清晰，說話彬彬有禮，總是先寒暄幾句，問我的近況，說明他的工作（這中間他換了幾個行業），最後祝我生日快樂，不說廢話也沒有哈啦，從沒說要約我見面，不曾問過我除了工作以外的事情，我也沒有打過電話給他。只有一次他說正在一家證券公司工作，剛好離我住的地方很近，他說：「有空可以到公司來坐坐。」但我並沒有去見他，有一年他在我生日隔天才打來，還很抱歉地說：「對不起昨天非常忙所以沒有打電話。」

幾回我對朋友或情人提起這件事，大家議論紛紛有各種揣測，都問我：「你爲何不問他爲什麼打電話給你？」我啞口無言，因爲每一年我都覺得應該不會有下次了，我總是在接到電話的時候感覺驚訝於是什麼話都忘了要問，只是一逕地說：「謝謝。」

今年我生日他沒有打電話來。只見過一次面的人卻一年一次連續打了十一年電話給我，起初我只覺得那是一種類似惡作劇的行爲，背後說不定有什麼企圖，但在生日那天我吹熄蠟燭，跟朋友喝酒聊天直到夜深，到了隔天，都沒有接到那神祕的電話，我竟然有種失落的感覺。

下一雙鞋

昨天去朋友家吃飯，飯後他們陪我去公館等公車，路過一家新開的鞋店，拐進去晃一下，結果走出店門我已經買了一雙勃肯鞋，從頭到尾我都不知道爲何自己會這樣做。

我常常亂花錢都是買鞋，昨晚睡前仔細想了一下，大概是因爲我永遠找不到穿起來「對勁」的鞋子吧！我經常買一些很貴又不常穿的鞋子（當然是對我來說很貴啦！），穿不合腳也捨不得丟掉。我的腳特別小，腳背又高，買鞋子對我來說始終是困擾，穿起來舒服的不漂亮，穿起來漂亮的不舒服，既漂亮又舒服的一開始又會打腳，想要找到適合的鞋簡直是不可能的任務。

據說鞋子都是要穿一陣子才會合腳，但我總是忍不了那麼久，鞋櫃裡堆了一盒又一盒新鞋，總是離開店鋪之後就會理解到我又買了一雙「不適用的鞋子」。屢戰屢敗卻始終學不乖，依然在尋找某雙我「理想中的好鞋」，總是以爲「下一雙會更好」。我總是在尋找想像中那雙又漂亮又好穿的鞋子，好像一定有那種東西在什麼地方等我似的，彷彿我只要一套上腳，就會覺得唉呀就是這雙了，只要穿上那雙鞋，天涯海角都可以去了。但我現在已經知道這世界上沒有那樣的東西，沒有一雙鞋子既可以登山又可以慢跑，可以參加宴會也可以穿去旅行，因爲慢跑該穿慢跑鞋，登山該穿登山鞋，穿裙子可以配高跟鞋，下雨天應該穿拖鞋。感覺不適合可能是因爲穿法錯誤，可能是因爲尺寸不對，可能是因爲皮還沒穿軟，而我卻以爲是「鞋子的問題」。我總是在鞋店裡迷信著「一見鍾情」，毫無理性地看到喜歡隨意試穿就糊裡糊塗買回家，等到眞穿出門了才一路上嫌東嫌西恨不得當場扔掉（也有半途又跑去買了另一雙鞋的經驗）。

小時候住在鄉下，天天打赤腳田裡果園裡到處亂跑（很難理解我的腳爲何沒有因此變得比較強壯或巨大），只有上學的時候勉強穿鞋，總是一雙白布鞋穿到泛黃發黑。有一回因爲某個緣故要去領一個很奇怪的獎，老師特別暗示我「能不能穿一雙乾淨的鞋子」，那時爸媽長年不在家住，我哭哭啼啼跑去找住在隔壁的阿嬤「要錢買鞋」，阿嬤拿起我那雙發黃的布鞋施展了一個魔法，搪瓷小臉盆裡注入一杯熱水，扔進一塊圓圓的小白餅，然後把布鞋扔進去泡，泡了一會拿起來曬乾，把鞋底跟鞋邊都洗乾淨，突然間變成一雙白得發亮的新布鞋。

後來我知道那並不是什麼魔法，阿嬤只是把鞋子「上了漿」，那種潔白後來變成一片片逐漸剝落的白粉（鞋子內裡也都是那種粉屑），但那時的我並沒有想到「下一雙鞋」，我站在升旗台上只感覺陽光曬著我的身體，而我的腳下一定是閃閃發光。

綠手指

一星期前才買的盆栽「海洋之星」有許多葉子已經開始萎縮，在園藝店原本蔥綠得幾乎出油的葉子都變得有點軟塌，天啊又來了，我又要種壞一盆植物了。

獨居這些年來我已經不養動物了，以前跟人同居時從街頭撿過很多流浪貓狗，現在住的地方小，我又經常出遠門，想養也不可能。我住的地方沒有陽台，但有大片面陽的窗子，窗檯空虛，正需要點綠色來襯托。搬家時朋友送我一些盆栽，沒幾個月都陸續死掉，這房子裡除了我好像就容納不了任何活物。後來我已經死心不再栽種什麼，因為那感覺實在不好，人家都說黃金葛最好種，插水就能活，想不到我連黃金葛都能種成乾燥花。

以前認識一個朋友，人稱「綠手指」，他家有個像熱帶森林的庭院，任何植物在他家都長得綠意盎然，甚至是過於肥美了，我每次去他家都感覺心情舒暢。朋友們有什麼染了病的植物也都送去那兒急救，偌大的庭園隨處可見罕有的植物種，花草樹木，花開得大，葉長得肥，連色澤都特別鮮豔，我眞相信有人的手點石成金。以前跟我同居的情人則是善於養動物，路上撿來缺肢斷腿的小貓小狗，渾身皮膚病，毛都禿光了，到她手上，幾個月不見，彷彿脫胎換骨，連那斷肢好像也都不妨礙，活蹦亂跳，健康活潑，說是路上撿來的誰也不相信。

那我是怎麼回事？

每回有學生來做訪問，不是帶花就是送我小盆栽，我最怕看花朵在瓶子裡日漸凋萎，所以花束多半轉送，我的情人也都知道我性格從不麻煩送我花。不久前有南部來的大學生送我仙人掌，我以前到過墨西哥，本來就特愛這種渾身長刺的東西，但萬萬想不到，連仙人掌在我家都活不了，前後三盆，不同品種，還是掛掉。

我妹跟我媽也都是綠手指，老家頂樓只是鐵皮加蓋，也能種成個小花園。我家陽台有棵怪樹，老家封存七年沒人居住，搬回去之後那棵樹只剩枯幹一枝，想不到一個月之後竟開始長葉，沒多久就活轉了過來，我總疑心我媽施了什麼魔法，說不定日日與怪樹說話談心，一片癡心讓它起死回生。

那天我回老家，九十幾歲的阿嬤有個越籍看護阿路，乖巧可愛，跟阿嬤感情特好，兩人住在我們老家旁的破舊三合院邊間改建的套房，一年多來生活也算愜意。我一進門，看見某種綠色藤蔓長滿院子的水泥地，以為老房子已經被雜草侵入，問了阿路才知道是她種的絲瓜長得太快，阿路笑咪咪用不純熟的國語告訴我，絲瓜可以吃種了很好！

唉！

這次又鬼迷心竅買了盆栽都是被我妹慫恿的，她說屋子裡要有點綠意對身體比較好，在園藝店裡逛來繞去，找了一盆水路兩棲的植物，說幾天不澆水也可以活得好。這些日子我像對待公主一樣小心伺候它，該曬太陽就曬太陽，該澆水就澆水，都有遵照醫生指示，結果，今天一早起來，發現最外圈的葉子已經開始枯萎，我一時間手足無措，只想叫快遞救護車般運送回老家給我妹妹救治。

我開始相信我的手只適合寫字跟吃飯，喜歡植物到中庭花園去看看就好，我想冥冥之中一定有某種暗示，像我這樣行蹤飄忽說走就走的人，連植物都覺得跟我一起相當危險，會有被拋棄的可能，我的手指大概沒啥問題，問題在我的個性。

於是我下定決心把那盆海洋之星送給我的鄰居，那人，也是個綠手指呢！

寫作的好地方

整整兩個月我爲了手邊進行新的長篇小說遇到困難而焦躁不已，幾乎待不住家裡，手邊雜七雜八的事情不斷湧來，一會覺得出門見見朋友或許可以增加靈感，隨即又後悔覺得自己一定是太過貪玩所以工作沒進度。在家裡誘惑實在太多，我突然興起買超輕薄的筆記型電腦的衝動（我家已經有桌上型電腦了），幻想著我可以把電腦帶到咖啡館去寫，我可以去找個在鄉下的朋友家借住，我甚至可以帶著電腦跑到某個東南亞國家躲上一個月，那樣一定可以專心了！沒錯，原來我的問題就是電腦。一旦這樣的念頭起來我就開始動手執行，我看上新型的超薄筆記型電腦只有八百公克，放在背包裡幾乎只是一本大書的重量，但一看價錢竟要五萬多台幣！不如買個二手貨把剩下的錢拿去旅行還比較划算，上網查了半天還是無法下定決心。我又想，或許不是因爲電腦而是因爲我住的地方太吵。

我不知道別的小說家或作家都在何處寫作，我想應該是什麼樣的地方都有吧！有些人在自己家裡的書房，有些習慣在熟悉的咖啡館，我也聽過有人在圖書館寫作（方便找資料），日本小說家柳美里據說都是在旅館寫，她說自己的家裡有太多熟悉事物會讓她分心。我只能在自己家裡用我熟悉的電腦寫，我對光線跟通風挑剔得要命，小小的房子裡有一大堆各式各樣的檯燈桌燈日光燈，除了睡覺時間之外幾乎都燈火通明，每天開始寫作之前都會花上很多時間先整理屋子，必須放眼望去一片潔淨才能專心。但七月跟八月裡我無論怎樣整理房子都沒用，一坐到書桌前就覺得煩躁不安，關掉手機拔掉電話線還不夠，換了電腦椅，買了新地毯，丟掉兩張桌子，買了五雙鞋，甚至還買了一台腳踏車，又去把第四台也停了，只差沒有換一個房子住。

幾年前我曾在旅行時寫過小說，那時我的ＩＢＭ筆記型電腦還沒壞掉，曾經帶著那台小電腦去過很多地方。那段時間沉迷著在旅館房間寫作的經驗，白天，背著小小的包包到處跑，晚上一回到飯店就迫不及待打開電腦寫到半夜。到底爲什麼可以在一天的玩樂或忙碌之後持續地專心寫作呢？至今我都覺得不可思議。有一次我喝醉了，躺在床上頭痛不已，但還是強忍著作嘔與胃痛起來寫作。

我突然想起二十歲還沒有用電腦，在大學附近租來的小房間席地而坐，腿上擱著一個畫圖板，在筆記本上一整夜拚命寫，寫完時才發現兩腿發麻無法站立。那時的我還不是小說家，剛完成第一篇小說甚至不知道該拿給誰看。寫第二篇小說時我因爲腳傷回爸媽家住，一萬多字的小說幾乎在兩天之內完成，寫到快收尾時是傍晚，突然停電了，我只好把桌子搬到陽台上就著日光寫，寫到天黑還拿手電筒來照，我媽到陽台收衣服發現我蹲坐在髒兮兮的水泥地上差點沒嚇暈。

這星期我突然可以寫作了，這時，什麼都順眼了，既不想出門也不想出國，成天守著電腦也不再嫌它不能帶著走。我突然很同情我住的房子跟我身邊所有的物品（甚至包括我命苦的情人），因爲不知道下一次發作是什麼時候，我知道一旦我寫作不順就會開始怪東怪西，到時，我如果突然跑去住在鵝鑾鼻或蘇門答臘大概也不足爲奇。

狂歡節的蛋捲飯

我這人怪癖特多，東西買了只要不喜歡立刻丟進垃圾桶，食物一旦冰進冰箱幾乎不會再拿出來吃，有時也沒別的原因，好端端在餐廳吃飯只因為附近的客人吃東西聲音太響我立刻站起來走掉。一向只要身上或手上碰到一點髒污就要死命地洗，外面若下起了雨除非絕對必要別想叫我出門，我怕死了衣服或頭髮被打濕的感覺。

想不到今年四月我到泰國曼谷去過潑水節（我會去或許就是為了治療我對下雨的恐懼症），整個城市都陷入瘋狂，我也玩得很樂，每天從頭到腳濕了又乾乾了又濕，飯店房間裡曬滿了弄髒又洗好的衣服。在擁擠得幾乎無法喘氣的馬路上被人群推著走，吃飯時間到了也未必可以走得到餐館，往往是困在某個地方動彈不得，那時路邊有各式各樣的小攤販，冷不防就可見有人把混著灰泥的水桶往那些攤車上的食物灑，攤販有的還會拿起水桶潑水還擊。有一回肚子實在餓得受不了，我跟一起去的朋友買了路邊的「蛋捲飯」吃，意外的是那竟是無法比擬的可口，我兩三下就把一盤飯吃光恨不得立刻再追加一盤。所謂的蛋捲飯其實只是把白米飯放在保麗龍盤子裡，上面蓋上一個用熱油炸出來的雞蛋包，妙就妙在那個蛋包，小小的雞蛋加點醬，在大碗裡先打到發泡再倒進尖底鍋的熱油中，不到一分鐘整個就炸泡了起來，逐漸變得金黃，變成大大的香酥蛋泡，一盤只要十元泰銖。

至今我都很懷念那個蛋捲飯的滋味，去過那麼多國家，也算吃過不少好東西，爲何當時那一盤蛋捲飯會變成我記憶裡一個獨特的「符號」我怎麼也想不通。每當我開始厭食，看到食物就要發脾氣，想把那些不負責的廚師都打扁，我都會想起那天吃到的那一盤飯，會從對那個食物的懷念轉變成對於潑水節的記憶。想起我剛到曼谷時提著行李穿過濕淋淋的街道，一直用背包擋著臉生怕被人用水潑到，一直擔心著衣服弄髒了要怎麼辦，不到幾個小時之後，我卻可以任由路人把灰泥往我臉上抹（在泰國的傳統裡那是祝福的意思），任由別人用水槍把冰水射到我身上，甚至還有人用小水桶把水從我頭上整個淋下來。我也去買了一包十元的灰泥在小盤子裡加水和勻，用手沾濕把別人的臉上也搞得髒兮兮的，我幾乎整天都在尖叫跟大笑，一種對於髒與亂的解放完全超乎我的預期。四天裡整個曼谷陷入瘋狂，到處都是音樂，渾身濕透的男女老少隨著街頭震天響的音樂搖擺，年輕人或者打鼓或者彈吉他或者隨著收音機的音樂跳舞，街道汽車路樹商店櫥窗無一倖免全都被大水跟灰泥搞亂，甚至連路邊維持秩序的警察身上也都又濕又髒。我或許是在玩得又累又餓又興奮又疲倦的情況底下狼吞虎嚥吃掉了那一盤蛋捲飯，並且在那種狂歡節的氣氛裡把自己原本對食物對人群對髒污的厭惡都一併趕走了也說不定。

刺青

年輕的時候因爲跟很多「混過」的男人來往，我曾認識許多身上有刺青的人，各式各樣的刺青我都見過，從最簡單的古早時期流行現在看來「台味」十足的一枝箭串過兩顆心，還得刺上LOVE或者愛人的英文縮寫的單色小刺青，大到像衣服般地盤據整個上半身、兩條小腿肚也都布滿刺青，圖案從最常見的龍、鳳、麒麟，到後來年輕人流行的蠍子、蝴蝶、閃電等。曾聽說有人在身上刺著「八仙過海」，而且還是彩色的圖案，我一直很想見識一下，可惜苦無機會。我見過印象最深刻的是，有個體格練得很健美的年輕男子，坎肩似地兩片彩色刺青，左右張開橫越兩肩彷彿刺繡般色彩繽紛的九龍搶珠，兩個龍頭就巧妙地圍繞著乳頭，隨著心跳呼吸那些圖案還會有不同的變化，喝了酒之後整個龍身會因為熱氣與血液循環帶動的溫度顏色變得更加燦爛，幾乎是令人嘆為觀止的工藝品。

隨著年代跟對象不同，刺青的型態也大不相同，而且不同國家也有不同的刺青文化。我去過泰國曼谷的高山路，那裡是歐美嬉皮的大本營，幾乎每個去那兒的旅行者都會在身上弄幾個刺青，彷彿是一種流浪的紀念品。在台灣早期刺青似乎是「七逃仔」的代名詞，而現在卻成為新人類「酷炫」的表徵。我自己非常怕痛而且皮膚很不好，所以壓根沒想過要在身上刺青，可我每每知道誰身上有大大小小的刺青都會央求對方讓我看一下（也曾經在小說裡塑造過身上有黑豹紋身的角色）。我有個朋友每次到峇里島必定在身上弄個刺青回來，那些在手臂、背脊、小腿肚、臀部等部位的小小刺青就像護照上密密麻麻的入關鋼印，記錄著他每一回的旅行心情，他曾經好認眞地跟我分析刺在不同部位的痛感與快感。我也曾認識一個從國中時用打火機把針烤熱消毒，然後自己在手臂上刺青，多年後變成一個知名刺青師傅的男子，他對我展示身上的刺青以及他幫別人刺青的照片（此人研發出多個廣爲流傳的經典圖案），這個學歷不高還蹲過苦牢的人說起刺青種種語言生動豐富、內容鉅細靡遺，簡直像在敘述一部「刺青生命史」。

我不知道那些身上有刺青的人什麼時候會想要去用雷射除掉，也不知道那個九龍搶珠的男人年老之後會不會覺得那些隨著皮膚鬆弛變形的紋身越來越刺眼。人在不同階段會對身體有不同的好奇跟看法，但刺青這東西不像穿舊的衣裳說丟就丟，想要退貨還得經歷一番痛苦。皮膚上的疼痛似乎是刺青的一項重點，除了完成後視覺上的改變，那過程也是讓人印象深刻的，否則市面上賣有便宜的「紋身貼紙」

或者「身體彩繪」都可以做出相當逼眞的效果，但始終無法取代紋身刺青。我那個刺青師傅朋友告訴我他曾幫一個女人在胸部刺上一隻蝴蝶，此女子在過程裡痛得臉色發青，但在接近完成的時刻卻露出近乎「幸福」的笑容。

我想正是因爲刺青無論刺上或去除的過程都伴隨著疼痛，因爲刺上的圖案會隨著時間在肌膚上產生變化，使得刺青不只是一種身體上的圖案，而是改造身體的過程之一，充滿象徵也瀰漫著暗示，至於如何解讀當然是因人而異了。

電腦故障的第二天

昨天早上起床，照例我先打開電腦再走進浴室刷牙洗臉，等我回到電腦前才發現大事不妙，螢幕畫面仍在準備開機狀態，滑鼠也不動了，我對著空氣大喊救命，強迫關機又開機，試了幾次依然無效，開始拿起手機拚命打電話求救。

經過十分鐘愚蠢的對話之後（愚蠢的當然是我，一個長期依賴電腦工作卻連硬碟跟記憶體都搞不清楚的人跟一個電腦工程師的對話能多高明，我被罵了十五次白痴），我確定電腦中毒了，可中毒了要怎辦？食物中毒會上吐下洩，吃征露丸治不好還可以去醫院急診，但電腦中毒我也不知要去哪急救，打了幾個電話朋友都在忙，沒人有閒工夫來幫我治療。

眼看專欄截稿在即，我只能望著電腦哀嚎，朋友叫我去網咖寫作，但是我無法在有旁人的情況寫作，而且以我對電腦的恐懼跟低能（我無法使用別人的電腦），只怕去了網咖也是無計可施。一整天我在屋子裡急得團團轉，眼看天色漸黑時間越來越晚，決定拿起筆來用稿紙寫，一千字的專欄應該難不倒我吧！沒想到，三個小時過去，滿紙亂塗我竟無法寫完一個完整的稿子。天啊！難道我已經變成沒有電腦就無法寫作的人了嗎？

突然想起曾在我住的那棟大樓電梯裡看見一張廣告，有個宣稱專門「搶救電腦孤兒」的維修工作室，那正是我現在最需要的，立刻衝進電梯抄電話號碼打了電話過去，那人要我自已把電腦抱上樓，為了搶時間我只好乖乖聽話。跌跌撞撞抱著電腦主機上樓按門鈴，一個怪裡怪氣的中年男子來開門，檢測了我的電腦，說需要重灌，我點點頭說好，能儘快修好就行。他問我什麼資料要備份，我說word跟outlook裡所有的東西全部要備份，那人一臉無奈地說，唉！你們這些人幹嘛都要用outlook收信啊！我正好就是不會那種匯進匯出的事。連把outlook裡的資料備份都不會的人也敢開什麼電腦維修站，我頓時對這個人充滿懷疑，生怕他一動手我幾年來辛苦寫的小說就會統統消失不見，趕緊把電腦搶過來奪門而出。

好不容易找到另一個朋友，他說可以幫我重灌電腦，但他手上沒有window 2000的光碟，得等到明天，等等等，看來我除了等也沒其他法子。

一整個晚上我都在自我檢討，什麼時候我變成這樣依賴電腦了？除了不能寫作，不能用MSN跟我女友聊天才是最可怕的，但那不是正如寫作也可以用紙筆寫一樣的道理？可以打電話我爲何偏要用MSN？這幾年我的生活型態大大改變只是我毫不知情，其中必然有什麼特殊的道理只是我還無法正確理解，但是，現在連報社都只收電腦稿了，改變的又豈止我一人而已？我跟女友雖然愛用MSN聊天，但見面時我們也是相處得很好，況且我用電腦寫作以來質量都好，並沒有因爲不能手寫出過什麼問題。啊我好混亂。

今天是截稿最後期限，我決定停止思考電腦對我人生的利與弊，到一個朋友家借用電腦，不能用別人的電腦寫作的惡習也在壓力之下改變了。我問他：「我是不是太依賴電腦了？」他回答得很妙，他說：「如果你早上去上班發現捷運壞了，生活秩序出現重大混亂，你會想到自己太依賴捷運嗎？停電的時候，你會自我檢討說早知道應該習慣沒有電的生活嗎？不會，但是電腦中毒造成不便你卻以爲是自己的問題。」

我問他：「那是誰的問題？」
他說：「當然是微軟的問題。」
不過，那是另一個需要長篇大論的話題了。

養魚記

前幾天我陪朋友去逛水族館，一個小時之後我們各自提著迷你水族箱走出店外，三個品種共九隻小魚在我手中的塑膠袋裡游來游去。朋友家裡早已養著好多孔雀魚，因爲母魚生了小魚怕被其他成魚吃掉所以要分箱餵養，因此買了水族箱，那我買魚和水族箱是爲了什麼呢？七手八腳把打水器增溫器電燈都安裝好，打開飼料罐子倒進一點點飼料，身長一公分不到的小魚色彩斑斕地游蕩在我眼前，我還在想這個問題。那可不像買一件新裙子或一雙鞋，這些是活生生的東西啊！

我愛吃魚，但我從沒想過要養（這兩件事根本不能混為一談），高中時我家開服裝店，爸爸買了據說會「招財」的紅龍魚，一點五公尺的大型水族箱就擺在狹窄的店裡，為此還把我的鋼琴便宜賣給了住鄉下的小姑姑。我恨透了那個水族箱以及裡面的魚，更可怕的是我爸總是去別人家裡抓蟑螂回來餵那尾紅龍魚，把花生粉裝進空的米酒瓶子裡一晚上可以誘捕好多蟑螂，因為人家說要吃蟑螂紅龍魚才會長得又紅又漂亮。我的天，每天我看著那隻蠢笨的魚伸著兩條長鬚晃來晃去，只覺這件事俗氣到了極點（僅次於櫃檯上叼著硬幣的招財蟾蜍），更別提那成天呼嚕嚕作響的打水馬達吵得我頭痛。

這個水族箱很小，魚也小，水草礁石都是迷你的，所有東西都是小小的，乾淨漂亮不佔地方也不吵鬧，擺在櫃子上可以假裝只是個會動的盆栽，而且我必須承認看著那些小魚晃來晃去的樣子讓我心情愉快，之前在水族館裡挑魚的時候，我和朋友兩個人拿著小勺子在缸裡舀來舀去撈魚的樣子讓我想起小時候撈金魚的遊戲，一定是被那些看似優哉游哉的魚給媚惑了心智，回到家裡它們還繼續媚惑我。第二天下午女友來家裡，我正要展示可愛的魚給她看，發現最小那種魚死了兩隻，「真的死了嗎？」我問她，「你沒看到魚都翻白肚纏在水草上了啊！」她說，我腦子裡像有什麼在悶燒，我想起我種什麼植物都會掛掉，我應該了解自己的個性才對，把兩隻魚屍包在衛生紙裡沖進馬桶感覺好痛苦。

如果我出了遠門怎麼辦？我總不能為了幾條魚就不去旅行？現在後悔也來不及了，女友說我出門時她可以來我家幫我餵魚，鄰近我家的一個好友也可以來幫忙，養魚不像養狗，麻煩朋友的程度還不至於讓對方從此躲避你。

當然我的個性問題養魚也不會得救，不過養了就是養了，有一些「活生生的小東西」在我的屋子裡生活著，而且它們使我愉快地傻笑，我根本不須去思考背後的意義，因爲行爲本身已經帶有強烈暗示。

幾天後我朋友打電話來，說有人送了她兩隻「三線鼠」，但她家有貓所以不能養，「好可愛啊！你要不要養？」朋友在電話那頭勸說著，說那些三線鼠又名趴趴鼠，愛乾淨好整理，啪啦啪啦說了一大堆。我突然想到，這可不是好徵兆，難道自從養了魚之後大家都認爲我開始適合養寵物了嗎？我說怕老鼠所以不能養，其實我眞正害怕的是我無法處理更爲具體的生命與我的牽連，這點自知之明我還有，掛掉電話我心想，嘿！我還是有理智的呢！我可沒寂寞到這種程度。

小姐，這裡不是色情按摩

那時我人在曼谷 Patpong（知名的風化區）一家飯店下榻。之前在高山路連著四天潑水節每天都玩到筋疲力竭，來到這區我還沒準備好去參觀什麼酒吧 Go Go Bar，只想去做泰式傳統按摩。我住的飯店本身就有號稱 Patpong 最好的按摩服務，走進 Spa 間，很熟悉的景象，兩排潔白的床墊鋪在木頭地板上，柔和的音樂，空氣裡瀰漫精油甜香，床墊與床墊之間都有簾子隔開。這些裝潢擺設我都不在意，我只是想要放鬆筋骨，不過當按摩師傅走進來時我還是因爲她的美貌噓了一口氣。

幫我服務的小姐年約十八，大眼濃眉齊肩長髮面容秀麗，我換好衣服躺在床墊上好想睡覺。

泰式傳統按摩的奇招怪式我早有聽聞，但眞的操作起來我才知道沒那麼簡單，剛開始按腳底我就想叫痛。連著幾天在萬頭攢動的潑水節走來走去，大部分的時間我都在走路，腳底早就起泡破皮，小腿也是，正確說來我身上沒有一處不在痛的。

美麗的小姐以怪異的角度拉扯的我四肢，好幾次我都痛得悶叫。突然間，不知爲何我的腳掌抵著她的私處，她正在按壓我的膝蓋跟小腿，一瞬間原本的痛楚變成一種奇異的快感。我發誓那絕對不是色情按摩，那小姐也絕對沒有想到我是個會對女人私處有遐想的人，她只是好專業認眞地維持這個角度按摩著我的腿，我張開眼睛看她，美好純潔的臉依然無邪，我的腦子開始不聽使喚地奔馳起來。

眞要命。

其實我是少有性幻想的人，因爲生活裡奇怪的經驗已經太多，而且我一旦想要什麼就會立刻付諸行動，我常很羨慕別人可以發揮想像力編造出令人瞠目結舌的性愛畫面。但此時，在淡綠色帷幕包圍中，涼爽的空調裡，我臉紅心跳無法自持，美麗的小姐絲毫不察地繼續維持這個角度揉捏著我的手掌，我有種想要把她撲到在床上的衝動，想要去親吻她沒有化妝卻紅潤的嘴，以及接下來可以在這個柔軟床墊上發生的種種（老實說我還不知道下一步該怎樣做，但結果一定是被報警處理吧）。

我試圖把腳掌的位置挪動一下但結果變得更爲難堪，她穿著寬大的黑色褲子而我的腳掌就陷落在她的雙腿間，這種徒勞無功的挪動只是讓我的心跳更爲急促。現實生活裡我並沒有交往過這種漂亮女生（雖然我常被人笑說哪有美女就往哪去），我曾聽朋友說去做Spa或按摩時有生理反應但我自己從未經驗。我傻子一樣地任憑她擺弄著我的身體，好不容易她才換了另一個姿勢，到我的背後去，用一個枕頭放在膝蓋上，我仰躺著讓她按摩頭部。

有好幾次我都想像她會突然低下頭來吻我（當然不可能啊！），我想像我們可以在這個小小的空間裡翻滾，希望她可以聽懂我的英文（其實我什麼也沒說），希望她柔軟的手可以在我身上停留久一點。

突然間有人打開門，兩個講國語夾雜台語的女人闖了進來，令人厭惡地開始大聲交談，於是，我那夢幻且不應該的遐想終於停止。

離開的時候我多給了那個女生一百五的小費。雖然我只是幻想（而且眞的不是故意的），但我總覺得自己已經對她做出了超過人家執業範圍以外的要求。

別樣說法

但我有些隱隱地擔心，那些經過長時間穿越時空漫長旅程的人物、故事、漂浮的建築，
會不會已顏色稀薄且質地脆弱，
你只消伸手輕輕一觸碰，就會紛紛散裂崩壞，跌落滿地。

SHE

小時候媽媽教我寫字，在那種現在已經很少見的兒童寫字桌椅，小桌小椅連成一體還附有一個小小的黑板（其實是深墨綠色的板子），媽媽用粉筆在上頭畫圖寫字，每一個字都有一個圖畫和一個故事。

我媽媽只有小學畢業但她的字畫對我來說都是天書，美妙不可言喻，那時我剛上小學，每日回家第一件事就是跟媽媽報告學校老師教會了我什麼。

時隔近三十年我還可以感受到媽媽握著我的手拿起小小的板擦抹

去黑板上的圖畫與字跡，粉筆的白色細屑沾染了她的指尖，那種種細節。

不久前我接到媽媽難得打來的電話，婉轉地說鄰居大嬸要給我相親，「媽，我都三十五歲了還相個什麼親？」我嘟囔著。

媽媽又是辯解又是哄騙地拐彎抹角說了半天我才弄清楚，原來一次親戚聚會大家討論起我之所以遲遲未婚可能原因是，「搞同性戀」，多年前我的第一任女友長年住在我家，那時親戚就開始揣測我們之間有些不尋常，「看是被傳染的吧！」其中首先提出同性戀這說法的親戚語氣曖昧地說（應該是被傳染的啦！以前也有見過她交男朋友不是嗎？我媽說那些親戚彷彿在偵查什麼難解的懸案那樣各自猜測著種種可能性）。我媽說我爸當時聽了這話臉色一沉起身就走回家去，留下她一人尷尬地繼續聽那些三姑六婆叨絮著即將為我介紹的那個相親對象。

「你不想結婚也可以，不要相親也可以，哪無，另日你帶個什麼查甫朋友回來給你阿嬤看，安ㄋㄟ別人才不會說閒仔話。」我媽有點怕我生氣，她說這話的時候結結巴巴的。

我沒生氣，乾笑了幾聲，因爲事情著實好笑。我這人性情古怪，帶回家的男人我那些親戚看了也不會滿意，況且我媽其實打心裡知道我的性傾向從未固定。

當我說起這件事時我的愛人難得在我家過夜，我們躺在床鋪上說話，我說得急她說得緩，我的聲音高她的聲音低，兩人都開心得語無倫次。我撩開她散落頸子上的髮絲看見她突出的脊骨，第幾節呢？那麼美好的弧度看得我目光撩亂，「改天我帶你回家見我媽跟我阿嬤。」我說。

「你不怕把阿嬤嚇得中風？」她說。

我笑了。我阿嬤可沒那麼容易被嚇倒呢！

很多年以前阿嬤有次跌倒把手弄傷了，那回就是我當時的女友跟我一起送阿嬤去醫院，醫生給阿嬤打鋼釘的時候我躲在一旁不敢靠近，從頭到尾都是我女友讓阿嬤緊緊抓住手，一邊聽著阿嬤哀嚎：「我遮呢老啊，麥給我櫼遮有的無的！」一邊安慰老人家。女友說阿嬤把她的手捏得都烏青了。「恁這個朋友雄好，不像你醫生一來驚得跑乾那飛勒。」回家的路上阿嬤一直抓著我女友的袖子驚魂未定還不忘記數落我。

當然是說笑而已，我阿嬤跟我媽都是非常可愛的人，我猜想她們或許有時會覺得我帶回家的女孩怎麼個個都貼心懂事得要命，「可惜她不是男的。」有次我好似聽見媽媽嘀咕著。

我外公外婆都很老了，住南部一個小公寓，我從沒帶過任何男友女友給他們看，我爸媽工作忙捨不得放一天假，弄得我媽好多年沒法回娘家。幾年前一天當時那個女友主張趁著休假開車帶我跟我媽回娘家，那回硬是把一向不愛出門的外公外婆帶出門去，請他們去吃日本料理，外公在車上說：「對啦！這樣開車多穩多舒服，不像你阿舅，坐他的車我會心臟病發作。」那晚大家吃喝愉快氣氛融洽，我媽樂不可支，我猜那時他們心裡一定也嘆息著，可惜她不是個男的。

「有什麼可惜？」我說，說起這往事的時候把她摟進懷裡，「跟我一起不能結婚生孩子還不可惜啊？」她說，「我媽要是見了你太過喜歡，叫你對我負責任，非得一生一世跟我在一起，那時我看你後悔都來不及。」我笑著說，「好啊！就叫你一生一世跟我在一起。」換她笑了。戀人的話語總是陳腔濫調我自己心知肚明，於是我們都不常說愛你愛我之類的句子，說故事，說笑話，說各自的媽媽，說往事。

我想起幾個月前曾去某個女同志的營隊去當講師，營隊裡有另一堂課教創作，發給大家一人一件白色T恤跟一盒蠟筆，香港來的畫家老師教大家如何用蠟筆在T恤上作畫，之後用熨斗燙過顏色會變得更漂亮且不易褪色，完成後每個學員都得上台展示自己的作品，「並且說出這個畫作的故事」。學員或高或矮有些長髮有些短髮，年齡從十六歲到二十幾歲都有，那些時而讓人鬨堂大笑、時而令人驚豔不已的過程裡我才驚覺，眼前這些看似年輕的小孩個個都有驚人的表演天賦（而且她們都知道了如何說出自己的故事，她們找到了我們當時沒有的語言），一件衣服上有一個故事，每個人背後更有著無數的故事，關於愛情，關於拉子（台灣女同志對自己的暱稱，典故來自邱妙津的小說），有的搞笑、有的深情款款、有的童趣天眞，有的充滿象徵與只有圈內人才能辨識的密碼（例如有個學員畫了好生動幾幅漫畫講述當她遇見心愛的人時要如何追求她，對白都是法文，大家問她爲何用法文，她說，「這樣我媽才看不懂。」）。

我也畫了一件。

兩個交疊的乳房，只是簡單的線條（因爲我並不擅長繪畫），衣服中央寫著「SHE」，以及法文的我愛你（不是擔心我媽看懂，只是純粹覺得法文發音好聽，且不那麼直接表露情感讓我害羞。沒錯我也是會害羞的人呢！）。

我對著大家說，若有一天我遇見讓我想要與她長相廝守的女孩時，我要把這件衣服送給她（儘管被糾正很多次了，用女孩來描述一個T似乎不太合適，但我總改不了這個習慣，我想我到了五十歲遇見喜歡的女的可能還是忍不住會用女孩來形容她）。

愛意正濃而夜色已深，我的愛人就在我的身旁，我們正準備要入睡，我突然想起放在衣櫃裡的那件白色T恤，不知道她穿來合不合身？

或許等會給她試一試。
不知我媽見了會說什麼。

Queer與卜洛克

知道卜洛克可能訪台我突然有種想要去惡補英文的衝動，倒不是為了親近喜愛的作家想要一親芳澤什麼，而是有些問題想親自問問他。當然這念頭想來荒唐，自己是個小說家跑去問些什麼標準粉絲才會問的豬頭問題怎麼看都覺得可笑。斷續讀卜洛克算來也好些年了，昨天上網查了一下資料，才知道原來「卜洛克迷」遍布全台，除了我們這些自己也寫小說的人，還有散落各處的推理迷。無論談小說技巧或者是推理、偵探、犯罪小說理論我都不行，我問自己為何這許多年反覆讀卜洛克的各種小說，突然想起了他的書裡瀰漫了各種各樣的Queer。

當然，如果有別的選擇我寧願談談馬修．史卡德日復一日的參加匿名戒酒協會、談談他每每在有人死去的時候就會想到「他／她死時我正在做什麼呢？」的動人情緒，但我敢說這些別人一定早就討論過一百次以上，而且絕對可以說出比我高明太多的深刻解析，我甚至連紐約都沒去過呢！然而，除掉那些始終迴繞不去關於生與死的辯論，關於殺人或者被殺，道德與不道德，喝酒或不喝酒，以及因此而衍生著種種令人在許多次讀小說的過程裡幾乎要不爭氣地掉下眼淚的「大哉問」，一個好的小說家總是可以吸引各式各樣的讀者，且讓每個不同身分階級性別性傾向的讀者一旦進門來都有「可以帶回家」的豐富解讀。我個人因爲反覆讀過太多次卜洛克，從二十六歲到三十四歲，一九九七年到二〇〇三年，從《八百萬種死法》到《小城》，每一個階段的重讀或者如獲至寶地買到新出版的中譯本，那些過程之中有許多不一樣的想法隨著我的寫作閱讀以及生活經驗不斷跨大版圖。

於是我想來歪讀卜洛克，因爲太熟悉有時橫躺沙發上就隨手抽出一本隨意翻看某一頁，只挑選自己喜愛的段落來看，而且就像調製特別配料那樣將不同書系之中的人物對照起來仔細研究，這樣的讀法從不會讓我厭倦。

所以這次上的菜叫做，Queer與卜洛克。（或許下次可以寫個，卜洛克的紐約地圖。）

我先解釋一下何謂Queer，十年前Queer這詞曾被翻做「酷兒」，不但形成一種理論且幾乎變成一種風潮。這幾年「同志理論」取代了「酷兒理論」（但所謂的同志並非單指同性戀而是擴大了範圍），我想一定是那個可愛極了的Qoo怪童飲料惹的禍。Queer變成小孩子水果飲料的Qoo，正如當年拿來罵同性戀「怪胎」的Queer一詞被同性戀自己挪用愛用，罵人的話變成自我認同的一個身分價值。

在此抄錄一九九八年九月出版的《性/別研究期刊》中一段論述如下：

「酷兒」（Queer）是不符合主流性規範、抗拒主流性道德、跨越性別的怪胎。

「酷兒」泛指同性戀、雙性戀、變性反串、踰越的異性戀。

「酷兒」的現身是妖精出洞，魔怪現形，以歡樂和挑釁的方式現身，卻不以悲情妒恨來壯大自己。酷兒絕不含蓄。

「酷兒」是鬼魅魍魎，是性的不法之徒，是性異議分子，酷兒是性左派。

等等等等。

Queer變成「酷兒」小孩果汁或者「酷兒」內褲，或者百貨公司般地容納了物種繁雜且品項不斷更新的族類（從人類到非人類），那種廣度是只要你自願進門來沒有誰會把你推出去說：「對不起你不是我們這一國的。」在我看來是如此，於是我就沾親帶故地一拖拉庫把卜洛克筆下各種小說人物全部「陷害進來」。

我把卜洛克拉扯進酷兒論述之中鐵定要得罪兩方人馬，正統卜洛克書迷與酷兒愛好者或許都會覺得我有些牽強附會。（但誰又能說我不行如此呢？）容我在此處將Queer且不翻譯做酷兒，而直接引用最原初的意義，怪胎，「Queer是不符合主流性規範、抗拒主流性道德、跨越性別的怪胎」，用這個概念來觀看卜洛克在台灣中譯版的兩個系列「馬修．史卡德」與「雅賊」書系中諸多角色眞是再適合不過了（在我個人的讀法中）。

且聽我細說分明。

首先將卜洛克引進台灣並且使多少作家同業、文藝人士、推理迷愛不釋手的「馬修．史卡德」系列十四本，那個幾乎凌駕卜洛克本尊而存在的私家偵探馬修．史卡德，在我看來他根本就是個 Queer。當然，他乍看之下是個中年異性戀，那種揮之不去的「男子氣概」與我們說的跨越性別的 Queer 形象難以聯想，但是，他很怪，他著魔般夜夜出沒各種酒吧裡多少次喝到不省人事，放著好好的警察工作不幹，放棄在長島的房子、妻子兒子，搬進一個幾乎沒有什麼家具的出租旅館小房間，而且做起私家偵探不但不取牌照，甚至連收費標準都沒個標準。按件計酬或按時計酬好像都會讓馬修．史卡德覺得不安，他喜歡這麼想，「我幫朋友點小忙，而朋友給我禮物」，這心態跟日後馬修身邊出現的妓女相當接近，「我跟朋友上床，而朋友給我現金或是禮物。」（無怪乎他後來果然愛上了個妓女）姑且先不管他是否是一種「前中年期焦慮徵候群」或者是「創傷後壓力徵候群」的受害者，或者他那種「每個人的死亡都與我息息相關」的心思源自何處，光是他那樣自我逃逸出原本的社會規範的作爲就一舉將他踢進了「怪胎」的行列。而且讀者繼續沿著這系列往下讀，一本又一本陸續登場的「怪胎朋友們」，看看這冷硬偵探的身邊都跟著些什麼人啊！

最爲人津津樂道的怪胎當然首推「地獄廚房的首席屠夫」米基·巴魯，殺人如麻卻又「盜亦有道」，一舉手一投足甚至連有時拋出一兩句的對話都酷斃了。米基·巴魯在在展現出一種無比詩意的暴力美學氛圍，被卜洛克描寫得彷彿一個傳奇人物——他是個酒鬼、職業罪犯、雙手與圍裙上都沾滿鮮血的男人。「很多人都對我倆之間的友誼感到奇怪，而我也不知該怎麼去解釋。正如我和伊蓮的關係，解釋起來也很不容易。也許是所有的友誼最終都是不可解釋的」——此段文字引述於馬修·史卡德系列其中一本。馬修與巴魯這一對怪異的好朋友，許多次他們一起出生入死的廝殺場面我就不多說了，在此我必須提一下我個人一件私事來解釋他們的兄弟情誼是多麼Queer的。我曾經認識一個男人（相當不好意思地被我幾度寫進小說裡，之中最形象鮮明的是我在愛情酒店裡塑造的，黑道大哥黑豹），此人雖然不如米基·巴魯那樣夠狠夠酷，但在我跟他同居的短暫幾個月之中我注意到一件非常有趣的事。那個男人年輕時是道上混的，後來洗手收山跑去一家塑膠工廠當領班，他有個打小一起的拜把兄弟在市場賣菜，每天傍晚男人一下班，那賣菜兄弟就開著貨車準時出現了，拎著一瓶高粱酒，大搖大擺進屋來，總是喝醉了才走，平時也不見他們怎麼如我們女生那種手帕交那樣嘰嘰喳喳講心事，大約就是悶悶地喝酒，有一搭沒一搭地說話。一回賣菜男人的大女兒偷偷拉著我的手到一旁去問：「阿姨，我爸爸跟叔叔是不是同性戀啊！」我笑出了聲音，「你怎麼會這麼想？」當然自己的男友若是同性戀對我來說也沒什麼，我只是好奇一個十四歲的小女孩怎會做出如此臆測，「你看他們兩個那麼要好，我媽說，我爸一天沒看到叔叔就渾身不對勁，你們上次去宜蘭度假，幾天不在，我老爸天天在家喝酒生悶氣。」女孩一邊說著，那兩個拜把的正在客廳裡如往日那樣不發一語地一杯喝過一杯的酒。

當然我非常確定這兩個男人之間絕對沒有身體上的曖昧（馬修跟米基也沒有），可我要說的是那種情誼，一種惺惺相惜且相互依伴到近乎愛情的程度，就算不是同性戀也絕對是一種超越正軌的感情。怎說呢？我說的正軌並非只是性別或是愛情的正軌，而是跨越彼此的原本生活界線的互相深度涉入。卜洛克描繪這種「越軌」關係的能力非常高明，整個系列中出現的各種人物關係，包括馬修跟街頭鬼混小黑人阿傑那種情同父子的夥伴關係、馬修跟妓女伊蓮．馬岱從警察vs.妓女到密不可分的愛情關係（天啊他們後來甚至還結婚了），或者是馬修與優雅神祕的黑人皮條客。不只是馬修．史卡德系列，到了雅賊系列，扮演著愛書雅賊的柏尼．羅登拔好友兼工作夥伴的就是個不折不扣的女同志（她甚至還成功把到柏尼的其中一個女友），這幾個人物與主角之間的關係都不斷顯示出這種不合「世俗規範」的連結。

走筆至此讀者大概以為我是那種「同性戀無限上綱主義者」，就是不管看見誰跟誰走近一點，只要兩者是同性就硬要說人家是同性戀，或者是看見心儀偶像明星某些舉動就要一廂情願地覺得「他／她一定是同志不然不會這樣啦！」當然我個人覺得那種舉動並非不好（讀者跟觀眾高興怎麼想就怎麼想），只是在此我的推論臆測都有根據，請繼續聽我說。

一天我跟男人從河邊散步回家，突然接到一通電話，男人安靜地聽完電話，話筒都還沒掛上，一手抓著電話筒，半個身體突然軟癱在我身上，嘴裡喃喃自語：「阿溪住院啦，恁嫂子講阿溪感冒拖到變成肺炎現在在醫院加護病房急救，」他說到這裡突然開始抽搭地哭嚎起來，「嫂子講阿溪有生命危險啦！」然後他抓住我的身體開始放聲大哭，「阿溪若是死了我嘜按怎？」

那畫面相當戲劇化，我從沒想過男人會如此情緒崩潰。曾經有一次看見他在酒店裡因爲某個小混混去戲弄一個來賣花的小女孩，他二話不說抓起桌上的大型菸灰缸就往那個小子頭上用力猛砸，他放下上面沾染鮮血的菸灰缸還用歐西摸裡把手擦乾淨，表情沒有任何改變地對那個頭破血流的人說：「去跟這個阿妹仔會失禮。」態度之輕鬆優雅好像他是在請那人喝茶似地。

我一直以爲男人跟那賣菜的阿溪只是那種「反正吃飽閒閒沒事，

你要天天來我也趕你不走」的關係，但那時他卻像個「娘們」似地嚎哭著（事後他或許打死都不肯承認曾經在我面前這樣痛哭失聲）。無怪乎阿溪的女兒會暗自揣想老爸是個同性戀（但我還是覺得他女兒的想法非常有趣）。

這只是一個例子，而且有點極端，阿溪病好之後，他們兩個又恢復那種多講一句話好像要他們命似地相對無言默默喝酒的生活。我許多次想到卜洛克筆下的馬修與米基·巴魯，想把書拿給男人看，他有點嫌麻煩地說：「你用講的比較快啦！」這叫我怎麼講，沒有前後文，沒有一本又一本逐漸鋪陳哪裡看得出其中原委。

再說說馬修與妓女的關係，幾年前有次出版社辦了關於卜洛克的討論會，地點就在一家酒吧，我記得其中上台發言的一個知名女作家若有所感地說：「如果世上眞有如伊蓮．馬岱那樣的女人，我願意變成女同性戀。」伊蓮．馬岱是個妓女，而且是個好得沒話說的女人，不過我私下覺得她有時太好了，好得幾乎快要面目模糊了。卜洛克從馬修．史卡德系列第一本《父之罪》便開始辯證起賣淫這行當，到了《八百萬種死法》裡面更是描繪了各式各樣的妓女形貌。

再來是他對變性人的描寫十四本書中至少出現過五次以上（我沒記錯的話），有一回阿傑甚至被某個變性人迷倒了，更別提那些火花般閃亮登場的各種同性戀配角（《父之罪》裡的牧師兒子就是個同性戀）。

卜洛克筆下既出現了同性戀（男女皆有），也當然會出現些**Homophobia**（同性戀恐懼症）的傢伙，如雅賊系列的警察雷．科希曼（他老是很豬頭地對卡洛琳的言行舉止發出不滿之聲，且不時就要對柏尼嘮叨著身邊那個經過的人一定是個玻璃圈的），如《屠宰場之舞》裡生動描繪過的殺人嫌犯理察·得曼，經典對話如下：

「你可以叫我黎曼。我的意思是，我的外表看起來像個同性戀，當然對那些很少看過我身邊同性戀同伴的人來說，可能較難分辨。據我對得曼外表的觀察，我相信，他是一個躲在衣櫃深處、你無法穿透層層衣服一窺究竟的人。」

「這話什麼意思？」

「我不知道他是裝的，還是連他自己都沒發覺，在性的方面，他比較偏好男人，他憎恨那種公開承認自己是同性戀的人，因為，他怕骨子裡我們是姊妹。」

這段對話出自死者的哥哥（他一看即知是個同性戀）與馬修之間，他們討論的對象是死者的丈夫，也是後來因為被自己的慾望牽著鼻子走而終於殺掉自己妻子的人。

卜洛克總是不厭其煩地安排他的小說人物進行這種對於「出櫃」

「現身」或者出其不意地就有個人自稱自己是同性戀的橋段，數量之多是我所讀過的非同志文學中數一數二的。

許多喜愛卜洛克的朋友都獨鍾「馬修·史卡德系列」，因爲馬修所關注的，那些日日自我省思著，或者是太過sentimental的事事關心的情緒都跟我們好像。但我卻也喜歡雅賊系列的那個可愛的賊柏尼·羅登拔，看羅登拔自己怎麼形容：「我對自己的技巧有著藝人的自豪，但對驅使我做這種事的力量一點也不感到驕傲。老天在上，我是個天生的賊，骨子裡就帶有一股偷竊的衝動。我怎麼可能被改造？你能教一條魚不再游泳，或者教一隻鳥不再飛翔嗎？」

我好喜歡看他與卡洛琳（那個開著貴賓狗工廠洗狗店的女同志）無厘頭幽默的鬥嘴對話（多少次破案的過程就在這些拌嘴鬥嘴的過程曙光乍現）。我好喜歡那本《畫風像蒙德里安的賊》，有人綁架了卡洛琳的貓且要求二十五萬美元的贖款，要求柏尼·羅登拔得去一棟戒備森嚴的高級大廈裡偷出一幅蒙德里安的畫作。然後他就眞的去了。

誰會這樣做？爲了好朋友的一隻貓？而且他還是個上了癮不折不扣的小偷。

更妙的是此次的共犯除了羅登拔跟卡洛琳，還加上一個他們兩個都曾經交往過的雙性戀女畫家丹妮芙和她的兒子。這是標準異性戀絕對無法想像的情況，也是非常Queer的橋段（一般異性戀別說是朋友妻不可戲了，前任情人出現鐵定弄得雞飛狗跳，更何況還是誰睡了誰的女人之類的，沒有殺個你死我活還眞稀奇，可這裡他們三個還相處得眞好）。

還有那本《麥田賊手》——我看到這個譯名的時候在書店忍俊不住，虧出版社想得出來，但也眞巧妙貼切。

在此我忍不住要抄錄一段對話如下：

「我也不敢說，卡洛琳，你看起來有些不一樣，所以我才一直盯著你。」
「我想是頭髮的關係。」
「原本我也以爲是，不過還有個旁的什麼對吧？到底是什麼呢？」
「你在疑神疑鬼，柏尼。」
「是口紅，」我說。「卡洛琳，你擦口紅。」
「別嚷嚷！你怎麼回事啊，柏尼！」
「抱歉，可是——」
「你是要我怎樣？『嗨，柏尼，你看我的胭脂睫毛膏怎麼樣？』三兩下把自己搞成眾矢之的？」
這段是在討論著卡洛琳爲了某個新近交往的女友的暗示而開始把

頭髮稍微留長，她甚至還擦了口紅以致於被柏尼戲稱是否變成「口紅蕾絲邊」，卡洛琳又羞又窘卻也火力不減地回擊，這就是他們對話的基本型態。卡洛琳有些暴躁神經質，而柏尼則喜歡碎碎唸，此類的「譏諷戲謔對話」比比皆是，這兩個人的交往不是馬修跟米基·巴魯那種「不說你也了，先乾了再說」的男人對話，也不是馬修跟伊蓮之間又是調情又是互相撫慰的那種情調。柏尼與卡洛琳的談話中不斷提及性但卻意不在調情或引誘（一般讀者所能想的大多是一個男人幹嘛每天跟個女同性戀在那兒鬼混呢？），而是在一種輕鬆的言談間巧妙挪移著身分與性別，這些對話卻是出自一個所謂的「異性戀白人男性美國作家之手」。卜洛克在小說中處理性別種族花去的時間其實不亞於他辯證謀殺與死亡。

雅賊系列既不文雅也不偉大，但是好有趣，這就是我喜歡卜洛克的地方，他不但可以寫出「馬修·史卡德」那樣深刻的作品，他也可以非常好玩。

人們都以爲怪胎是想要顚覆摧毀這個世界，但其實不然，他們只是想像估量價値的方式與一般人不同而已。

長期讀這種類型小說最大的缺點是，你明明知道那是小說，但十幾本讀下來卻不免眞要相信那些人物都是眞實存在的，於是我越讀越感到緊張，那個被我視爲 Queer 族類的馬修、伊蓮、阿傑都漸漸地「正常了」，戒了酒、從良、談起戀愛、同居甚至結婚，馬修後來還去領了一張牌照，連一向神出鬼沒的阿傑都住到馬修的旅館裡去了，到了第十四本《每個人都死了》，米基巴魯甚至跑到某個史坦登島的修道院去找他的帖撒羅尼迦兄弟啦！（還好沒多久他又回來重操舊業整頓葛洛根開放屋。）這當然是個人偏好所致，隨著小說技巧的純熟，人物性格的突顯面目清晰，這一寫二十幾年的系列小說品質並未降低，隨著越來越厚的篇幅，卜洛克可以揮灑的故事甚至是更驚人了，但我仍不免懷念著那些怪胎橫陳的時光。

幸好，到了《小城》，卜洛克於911之後的新作，關於色情的討論比比皆是，且處處令人瞠目結舌。我很喜歡這部小說裡的一個角色——蘇珊（天啊她那些古怪的性愛招數狂想連我都覺得嘆爲觀止），象徵著「怪胎時光」的回復。卜洛克將那些對於性別階級的互相穿插流動以及對於性愛儀式的專注研究交給開設畫廊的蘇珊來擔任，蘇珊周旋在諸多男子之間且成功地讓一個男人刮掉全身體毛變成「法蘭妮」女孩般被蘇珊用假陽具「進入」了（那時蘇珊因爲自己像個男人樣地上了他而覺得興奮異常）。另一個自認爲「絕對不是同性戀」的男人則在一次次3P的過程裡逐漸地轉了性，不但體驗了「雙性戀」的性愛過程，後來甚至開始追逐起「同性戀」的性交模式。《小城》一書以全知觀點鋪陳911後的紐約另一種「死法」，但有大量篇幅都在談論且描述蘇珊的「性愛創作」，是卜洛克衆多書系中少見的大量討論性與性別，更妙的是這時卜洛克已經高齡六十幾，據某位曾在書店排隊拿過他簽名的熱情書迷描述，他看起來就像個慈祥和藹的老先生。

而我深知這老先生的心中仍隱隱聳動著早年的怪胎情緒，他仍是那樣不合時宜地隨時要滑出這穩定社會結構的邊緣，一會滑入，一會逸出。當然，以紐約這個城市來說，這樣的情況並不算稀奇，我看過更多更聳動更具挑戰性顛覆性的文學作品，然而，畢竟不同。我們的卜洛克先生他並非一個Queer Writer，他的衆多讀者更不是，對我來說那種美好的感覺是，我一直想要看見一種雜種式的文學作品，跟我們眼下所見的眞實世界相似，你隨處到哪身旁都可能坐著個ＬＧＢＴ（女男同性戀雙性戀跨性別，Lesbian、Gay、Bisexual、Transgender），只要你的眼睛夠亮（千萬別以爲同志或是酷兒都只存在於酒吧啊公園角落之類的）。而在卜洛克筆下，殺人犯是ＳＭ愛好者，破案關鍵是一個變性人，主角的手帕交好友兼犯罪夥伴是個女同性戀，而牽動整本書的每個人性傾向的就是一個不折不扣的「性愛上癮症」畫廊女老闆。他筆下的異性戀組合是私家偵探與退役妓女（雖然想起來也合情合理，但畢竟沒那麼正規是吧），他寫的黑人皮條客錢斯不但舉止優雅像個律師而且還是個藝術品收藏者，他讓街頭的蹺家流浪黑小孩阿傑變成善於改變身分與口音且懂得使用電腦的鬼靈精，他還把道貌岸然的牧師描寫成貪戀女色甚至陷害自己親生兒子的怪ㄎㄚ。這些那些種種都是顛覆也是寫實（不信你翻翻每天的報紙社會版）。

「馬修·史卡德系列」中我自己相當喜愛的一本《屠宰場之舞》（可愛的阿傑就是在這本開始登場的），從一卷錄影帶裡出現的某段「鹹濕畫面」拉出一件駭人聽聞的虐殺案，整部小說花去極長篇幅討論BDSM——綁縛（bondage）、調教（discipline）、施虐（sadism）與受虐（masochism）有時簡稱SM，書中清晰地描繪出兩名男女罪犯都是

「SM愛好者」，雖然將SM與虐殺小男童連在一處，不免使人對SM覺得反感，但卜洛克並非反色情反SM的，他反對的是因爲個人的性偏好而虐殺無辜的人（馬修又再一次參與了殺人的過程），可從有次伊蓮半因爲好奇半因爲好玩地把馬修拖去參加一個「皮衣皮褲聚會」的過程看出作者的觀念。一個反對或者排斥SM的作者是不會花那麼多力氣與篇幅去討論這個議題的（而且他寫得多麼生動逼眞）。我想，卜洛克在此書中辯論著SM的界線（玩到什麼程度是可以的），正如他反覆辯論著「因各人喜好而殺人」以及「因正義而殺人」到底差別何在？

進一步地說，卜洛克的作品一直試圖在跨越性別與階級，不是政治正確地運作，而毋寧更像是一種敏感的反覆試探，而且他刺探的不但是讀者，還包括他自己的極限。

在閱讀《屠宰場之舞》時我不斷地思考，一個小說家怎能同時是

Queer又是反Queer的呢？他對SM的看法到底是什麼呢？他的小說裡為何總是出現那麼多性的異議分子？我自問自答。若說馬修．史卡德系列是整個紐約的縮影（卜洛克將紐約描繪成一個犯罪的舞台），我們所看見的不是《慾望城市》那個衣衫華麗的派對型都會男女的小情小愛，而是更多元多變飛天遁地無處不在的性別大跳躍。死亡、性愛與道德的相互拉扯宛如一場且戰且走的辯論。卜洛克在這許多種屢獲大獎的書系中，時而深沉時而哀傷時而俏皮逗趣，他塑造出一個又一個面目清晰性格突出身分特異的人物讓讀者不時得停下來思考，「他到底要告訴我們什麼啊！」但這些人這些事好像也就會在我們身邊發生。

但我轉念又想，要說明卜洛克與Queer的關係，原本就是若即若離的，若讀者只能從每個角色是不是夠「Queer」來檢驗他夠不夠激進，就好像硬要拿一個緊箍咒往自己頭上套。我當然不是因為卜洛克寫了那麼多超出社會規範的角色與故事而不斷地閱讀他，勾引我們繼續不斷地去買去讀的原因是，我們永遠不會知道這個小說家還會寫出什麼，他總在推翻自己，且不斷地給讀者新的驚奇，而各種不同的人都可以在他的書中找到自己的認同。正如我每次要跟朋友介紹卜洛克的作品我總是支吾其詞地說：「嗯，不是不是，不是你想像的那種推理小說，甚至也不是偵探小說啦！唉，該怎麼說呢？反正很好看就是了，點點點點。」我想大概不會有任何一個研究「酷兒文學」或「同志文學」的學者或評論家把卜洛克列入「參考書目」（但我自己不就這麼做了嗎？），我所認識的廣大同志朋友們確實有很多是他的書迷，有些人像我那樣地深深著迷，但當然他也許多次讓他／她們感覺到「有點不夠」，但我只要想到透過卜洛克的大師之筆所偷渡的那些怪胎角色是如何地深入人心，且滲透了多少不曾碰觸過 Queer 或同志議題的讀者，我就暗自竊喜。

卜洛克可以是這個也可以是那個，愛怎麼解讀都可以，而我就是喜歡他那種無法被歸類的樣子。

Hotel California

事情並非發生在加州，記憶裡我住過無數家旅館，從異國的五星級飯店到台灣某處的廉價小賓館，太多了，我記得的只有那些高級低級高價低價的大床，床鋪上滾動的身體。我要說的那個場景甚至不是一家旅館而一個學生宿舍般的狹窄房間，那時我十九歲。

此時，我坐在電腦前，寫著無論如何都進入不了狀況的遊記雜文，去了一趟緬甸，回到台灣之後，關掉十幾天沒開的手機裡有很多語音留言，按下777聽語音信箱，其中一通沒有留言，只聽到嘈雜的背景裡清楚的歌聲，〈Hotel California〉，我知道打電話來的人是誰，是那個我在峇里島認識的五十歲日本男人，今年五月我到峇里島工作，在庫塔的Paradiso飯店裡大廳，那時候樂團正在演唱，我點了這首歌來聽，「想不想喝啤酒。」旁邊的男人用破爛英文問我。就這樣我認識了加藤紳二，在庫塔跟他相處了兩天半。

不知道他又去哪家有樂團演奏的酒吧了，演唱的樂團是日本人還是菲律賓人呢？吉他很棒，但主唱的英文有奇怪的腔調。然後我打開音響放了這首歌來聽。

〈Hotel California〉。

我經常想著，這首歌裡到底在說些什麼呢？有什麼超過了這歌詞字面存在撼動了我的心？有一天我突然記起是在什麼地方第一次聽到這首歌曲。

大學二年級，十九歲，陰錯陽差地認識了一群搞學生運動的學長，S是其中的一個。我幾乎是在第一眼看見他的時候就愛上了他，此後一整年的時間我被不可理喻的愛欲拖拉著到處亂竄，一邊跟著社團的人到處參加示威抗議，一邊在任何有機會的時候偷偷寫信給他。

其實大家都很熟，我個性海派豪放跟男人都相處得很好，唯獨就是在S的面前會手足無措，因爲一發現自己喜歡他我就大膽地去跟他告白，此後他對我便有了奇異的謹慎小心。

認識他的那天，社團的另一個學長帶我去他們經常開會的地方，在一個小吃店樓上，隔成一小間一小間的學生宿舍，住的都是他們這個地下社團的成員。二樓總共有三間房，我們走進靠馬路最外側的邊間，那是個不到三坪的小房間，非常髒亂，裡面已經擠滿了人，學長跟我介紹這個是誰誰誰，那個是誰，介紹到S的時候我的心陡然猛跳了一下，他蓄著雜亂的頭髮，戴著黑框眼鏡，雖然坐著但可以看出身形很高大，蒼白而削瘦的臉，兩天沒刮的鬍碴，依然可以看出斯文，好像他的邋遢是爲了遮掩他的書卷氣似的，那個混亂的學運世代，造反與革命才是學生們嚮往的。

滿屋子的書籍唱片，牆壁上貼滿各種海報跟傳單，學長說這個房間是S的，但因爲離學校比較近，小型的聚會多在這裡。S站起來跟我握手，他說他是電機系的。「大五了。」他說，這些學長大五大六大七拖延著不畢業的比比皆是。

高高低低的書架上堆滿了書本跟唱片錄音帶，從杜思妥也夫斯基到馬克思，從黃春明陳映眞到魯迅，從Beatles、U2到The Doors，對那時候的我而言誰是誰統統不知道，那是我生命裡第一個也是唯一一個產生過類似崇拜心情的男人，當然其他學長也會說出很多我完全聽不懂的話，但我一開始就被他整個吸引了。S幾乎很少開口，總是睡眠不足的樣子，說話的時候也多是插科打諢說笑話，我是從他的房子來解讀這個人的。

那一年我幾乎都不上學，成天就是在社團混，去參加示威遊行抗議的時間也很長，有時候一離開學校就是半個月，即使在學校的時候也多半在S的房裡或是學校後門外另一個社辦，或是在其他大學的學運社團開會，到底那時候究竟在抗議些什麼，現在說起來已經沒意思了。每次我都到S房裡借書，當然是藉故親近他，他在房間門口一隻破襪子裡放了鑰匙，知道的人都可以打開門進去。我每個星期都去借一大堆書跟錄音帶回家猛K，如果碰巧遇見他在，就跟他隨便聊幾句，但我總摸不清他的作息，常常撲個空。

他知道我喜歡他，我那麼奇怪的行徑或許讓他很苦惱，但爲了運動或者是什麼同志情誼他也不能說什麼。

有一天恰巧逮到他在屋裡，我去的時候是下午兩點，他剛起床，屋子裡瀰漫著霉味與菸臭，我買了麵包帶去給他，他很尷尬地不知要做什麼，「放音樂給你聽。」就是那時候我聽見了這首〈Hotel California〉。

「這是我最喜歡的歌。」他說，「很沒戰鬥性啊！」他抓抓自己的頭髮。我沒說話，那時候的我什麼歌曲都不知道，我是個鄉下來的窮人家的女孩，英文又不好，我根本聽不懂歌詞裡在唱什麼。悶熱的下午三點，小小的電風扇發出巨大的轉動聲響，我好像聽見他呑嚥口水的聲音，起初還客氣著，後來就和著溫水把一整條法國麵包啃光了，看得出他很餓，聽說他常常連吃飯的錢都沒有。

「很好聽，可不可以錄一捲給我。」我問，我想像以前從他這兒借書回去苦讀那樣把他喜歡的樂團跟歌曲內容搞清楚。「這捲先借你。但是要還我，因爲這是我以前女朋友送的。」他又抓頭髮，他被拋棄的事情大家都知道，長得高大美麗的英文系學姊，畢業後當了空姐。

Eagles合唱團在一九七六年發行的這張專輯，此後變成無數人傳唱不休的經典名曲，我曾經在許多家有現場演奏的PUB裡聽過各種樂團體演唱，但S當時借我的錄音帶我一直沒還他，我反覆聽到幾乎磨損，然後經過十幾次搬家之後就消失不見。

我是如何暗戀著他如何幹了愚蠢的行徑這裡就不說明了，事隔十多年我幾乎也忘卻那段時間發生的種種怪異事件，這些年我幾乎也不去回想。大三之後我退出了那個團體，也不再加入其他社團，開始寫小說，大部分的時間都自己關在房間裡聽音樂看電影讀小說。後來我有了自己喜歡的音樂，讀了夠多的書之後也不再輕易地被什麼人迷得昏頭，我甚至明白了那些看起來好厲害的學長嘴裡說的那些什麼高深的學術名詞不過是空洞的字眼，多年之後我成為一個作家，我很少再聽搖滾樂。

一晃就是十幾年。

因爲參加一個舞會認識了一個女孩，那時我們都各自有情人，也因爲性格上有些相近而知道不是可以暗通款曲的對象，但我常在失眠的時候三更半夜打電話給她。她第一次到我住的地方來，那天是下午三點多，我一個人租的大套房，我們坐在寬大柔軟的布沙發上聽著音樂，聽了Miles Davies、Chet Baker等等一大堆爵士樂。「看你要聽什麼音樂自己到架子裡挑」我說，女孩在架子前面逛了半天然後放了這張Eagles的CD。這張CD是我二十八歲生日的時候一個女孩子送我的，Eagles合唱團解散十多年之後在一九九四重新復出的不插電演唱會錄音，她送我之後我並沒有常聽，收在架子上吃灰塵好些年，直到二〇〇一年我寫《愛情酒店》的漫長八個月裡，不知道爲什麼我突然迷上了這張專輯，我至少聽過一百次以上，其實我寫的內容跟這張ＣＤ一點關係都沒有，但每天我打開電腦叫出昨晚寫的內容，會把音響打開，不斷重複重複地聽著這首歌，在那段幾乎足不出戶的日子裡，陪伴我的只有這張ＣＤ。

安靜的午後，緊閉的屋子隔絕窗外的噪音，我們沒有說話，她抱著我，遙遠的記憶伴隨那我後來已經聽懂的歌詞，我一直想著，爲什麼我們不做愛呢？我是喜歡她對她有強烈慾望的。我想她應該也是如此。

I heard the mission bell,
And I was thinking to myself,
"This could be heaven or this could be hell."

就像她曾經告訴我的，或許我們維持的是一種最好的關係，因爲我們都不知道一旦做了愛之後會變成什麼樣子，大好大壞吧！This could be heaven or this could be hell。

因爲是作家的緣故，常常會遇到有讀者或記者來訪問，總要問我最喜歡的一本書，最喜歡的一部電影，一首歌，之類的問題，每次我都胡亂敷衍著回答，對我來說根本沒有「最喜歡」這回事。但就在今年，我卻突然知道我最喜歡的一首歌是什麼，說出來或許會被當成不懂音樂的落後分子。

〈Hotel California〉，那像是一部我自己開拍但有好幾個版本的電影，反覆在我的腦中上演。

一開始這樣唱著：

On a dark desert highway, cool wind in my hair, warm smell of colitas, rising up through the air.

像一部小說的開頭。

寫得很好的開頭。

想起這首歌的時候總沒有甜美的激情，沒有情人之間相互撫摸碰觸親吻愛撫的纏綿，我看見的只是一個混亂而充滿菸臭酒味的小房間裡，坐在地板上搜尋著屋子裡有那麼多我不懂得的書籍唱片裡象徵的那個廣大而深奧的世界，那個拚命想要讓自己變聰明變得厲害的十九歲女孩。

甚至與愛情無關，一開始是在我的情慾剛萌生的時候，然後畫面轉到我已經三十三歲在峇里島的一個豪華大飯店的lobby，遇見那個不會講英文的日本人，許多次他從日本打電話來，我們無法交談，他就放這首歌給我聽，時間通過磨損的唱針發出聲音，彷彿預告了我這次旅程裡會發生的事件，我聆聽著這歌曲。

Last thing I remember, I was running for the door, I had to find the passage back to the place I was before,

'Relex', said the night man, we are programmed to receive, you can checkout any time you like, but you can never leave.

或許我仍停留在那個十九歲的午後。

錯過的時間——我看《2046》

第一次看王家衛的《2046》是在香港。這電影首先讓我注意到的是電影裡語言紛雜，鞏俐與章子怡說普通話，梁朝偉與王菲說廣東話，木村拓哉說日語，但好像大家都說得通。看電影之前好幾天我都在九龍、銅鑼灣、灣仔、西貢等地方遊蕩，很熟悉周遭的人用不同語言交談的畫面，人們各自說著粵語、英文、普通話，似乎都如電影人物般互相理解。一開始我因爲不會講廣東話只好用英文跟人問路，後來才發現九七之後在香港講普通話比英文還好用，等到我開始大膽對人說普通話，卻好幾次被當成「北姑」。

不知到了香港看香港電影是否有助於了解導演的企圖，但我一心只想要去找《重慶森林》裡的「重慶大樓」，我的香港朋友都說不知道位於何處，沒辦法只好到「廟街」去逛路邊攤吃大排檔，回味著香港黑幫電影熟悉的場景。

王家衛的影迷們引頸期待了五年，等來《2046》，結果眾說紛紜評價不一，在此我不作影評，身為王家衛長期觀眾之一的我，卻看見《2046》裡的角色從《阿飛正傳》、《花樣年華》穿越時空在此匯集，劉嘉玲飾演的露露依然在新男友（張震飾演）身上尋找她已死去的戀人身影，她也說周慕雲（梁朝偉飾演）很像那個「沒腳的小鳥」（觀眾突然驚覺這個露露不就是《阿飛正傳》裡癡戀著張國榮的女人嗎？那時張國榮說：我是一隻沒有腳的小鳥，只能一直飛一直飛，落地的時候就是我死的時候）。《阿飛正傳》片末梁朝偉曾驚鴻一瞥地出現，對著鏡子梳抹著他的阿飛油頭（這招牌舉動許多次在《2046》中出現），然後音樂響起電影結束，很多觀衆都對此突來的畫面覺得不解（是不是續集的預告？），要到多年之後我們看見《花樣年華》才明白。《2046》裡周慕雲從金邊跑到新加坡卻碰上個正巧叫做「蘇麗珍」從金邊來的女人。看來不經意的相似與巧合（導演當然是有意的），從《阿飛正傳》、《花樣年華》到《2046》，這些人物互相尋覓，重複著無法更改的宿命。

電影一開頭華麗的未來場景，「2046年全球密布著無限延伸的空間鐵路網，有一輛神祕列車定期通往2046，去那兒的乘客都只有一個目的，就是找回遺失的記憶，因爲，在2046，所有事物都永遠不變。」我們聽著木村拓哉用好聽的日語這樣訴說著。要看到後面我們才知道這只是男主角周慕雲寫的科幻小說中的劇情（因爲是周慕雲在六〇年代想像的未來，所以科幻畫面看起來卻是如此懷舊）。

整部電影許多次畫面上出現如一九六六年十二月二十四日，一九六七年十二月二十四日、十個小時之後、一百個小時之後等數字與說明，切換時空，交代故事背景，第一次看電影的時候我不能理解聰明如王家衛怎樣使用如此老套的敘事技巧（雖然數字一直是他的電影語言中的特色，因此早期有人說他是電影界的村上春樹），看過第二次之後我才體會到這看似土氣的技巧卻是這電影的重點，那些全黑畫面上出現白色字跡書寫的數字點明著「時間」，牽扯更動著其中人物的命運與情感動線的，都是時間點。

錯誤的時間，對不上的時間，弄錯的時間，來不及的時間，被凝固的時間（還記得《阿飛正傳》裡張國榮對張曼玉說，你永遠不會忘記這一分鐘），改變了一切。

若說《2046》是《花樣年華》的續集不如說是導演王家衛對於自己過往作品的一次大整理（或者說是他對於某種事物的耿耿於懷，於是要一而再再而三地用電影來處理）。延續前幾部作品處理著時間對於愛情的影響，到了《2046》除了藉由用時間點來切換故事順序，王家衛更讓電影裡出現了一個可以更改時間的角色——「小說家」，原本在報館寫稿的周慕雲，從新加坡回到香港之後，逐漸改變路線（周說：剛開始十元一千字，日子很艱難，後來我想通了，爲了生活，我決定什麼都寫），他開始寫奇情小說，「我很快適應了這種生活。」周說。他說的「這種生活」不只是寫香豔刺激的色情小說，也包括那些歡場裡的交際應酬，包括露水姻緣的逢場作戲，「不過無所謂，哪來這麼多一生一世？」他安慰自己。

正如許多小說家常常做的那樣，周慕雲說：「很多在我生活出現的人，我都放進那個小說裡，在這個世界，我可以隨心所欲。」這時他剛開始寫《2046》。剛開始，那只是一個應付報社的色情小說，他信手拈來，確實隨心所欲，既可以賺錢又可以把生活裡的不滿不順都放進小說裡改動一番。但後來他遇到王菲飾演的「王靖雯」（現實生活中有一段時間王菲的藝名就叫王靖雯），爲了某種看似愛情的理由（確實有時候小說家寫某一個小說的最初動機只是爲了對某人表露心跡），周慕雲把小說《2046》寫成了《2047》，而且「不知道是因爲太過投入還是什麼，我開始覺得我就是那個日本人，這是我的故事。」於是，小說結束的時刻，王靖雯託他爸爸傳話希望周慕雲更動一下《2047》結局，「因爲結局太慘了。」但那個本來是隨心所欲愛把角色怎樣就怎樣的小說家突然動彈不得，他被自己的故事困住了，因爲現實生活裡的遭遇已經穿透了小說情節使他無法輕易再去更改結局。

《2046》出現了以往王家衛的電影裡常見的主題，A愛B，但B愛

C，可是C愛著的不是已經消失就是已經死去的人（或者說困在某個往事裡），於是，電影裡充滿讓人欷歔的情節，即使小說家自己也無法試著讓故事變得更開心結局更美好一點（這點我想許多小說家在寫作小說的過程中也曾遭遇過）。

木村拓哉在離開《2046》的那輛列車裡愛上了王菲飾演的機械人，但她始終沒有反應，列車長告訴木村拓哉：「這些機械人因為長時間的旅程，會有一個衰退期，想笑的時候，要好幾個小時之後才能笑，想哭的時候，要好幾個月之後才哭得出來。」這是可以理解想像原有的，但木村起初是覺得「或許有人對你沒反應，不是因為她遲鈍，只是因為她不喜歡你，我所能做的，只有放棄。」繼而他的理解是：「我終於明白，那個機械人不回答你，未必是因為她遲鈍，或不喜歡你，而是因為她心有所屬。」他還是放棄了。我們看見一千年之後那個遲鈍的機器人依然凝固在那個遲來的悲傷瞬間。

於是，一開始就錯過了，即使從永恆之境回來也找不到答案。

如果順序對調呢？按照時間順序來講述這個故事，結局會不一樣嗎？

還記得在坎城影展萬衆矚目的首映會結果張曼玉只出現了兩個鏡頭，觀衆大失所望，我一直在想，就電影來說（若不計較角色輕重的話），張曼玉飾演的「蘇麗珍」扮演著那種關鍵性的「時間差」的角色，確實是只要出現一個或兩個畫面就足夠象徵那影響（通常，改變事情結構的時間點，不都是一個片刻的畫面嗎？在某個點上出現誤差，猶如在航行途中偏移了座標幾度，往後便逐漸離開目的地越來越遠，終至不可挽回）。

初次看完的時候我總不能理解，片中與周慕雲眞正有肉體關係的女人白玲（章子怡飾演），卻是在這個故事裡情感最挫敗的人，周慕雲非但不能愛白玲，還要以付她錢來讓他們的關係看起來只是一種逢場作戲不必認眞。看似跋扈嬌縱的白玲（章子怡近年來老是被派演這種角色）卻動了眞情，敢愛敢恨的她碰上了「已經故障」的周慕雲無疑是拿頭撞牆。甚至到最後白玲央求著要借周一晚，周慕雲還要很酷地對她說：「有些東西，我是永遠不會借的。」白玲只能掩面痛哭。

爲何周慕雲不愛白玲？我看完電影只有這個疑問。因爲白玲看起來是個婊子嗎？（周慕雲初次看見白玲就將她當成妓女介紹給朋友）是因爲錯過了，因爲兩個人認識的時間不對嗎？這是周慕雲對王靖雯不知不覺產生情愫時的感想。

還是一開始動機錯誤最後結果也不會對？（起初周說他只想跟白玲做喝酒的朋友）

那周慕雲的時間什麼時候才會對？

我們在《花樣年華》裡百般焦急地等著周慕雲與蘇麗珍倆何時要親熱（多像好事的觀衆），錯過每一個我們覺得應該要上床的時刻（或許已經發生只是電影沒演出來），就一路錯過直到最後，因爲那是個「祕密」。

以前，當人們心中有祕密，他們會去森林裡挖一個洞，把祕密告訴那個洞，然後把洞塡起來，這樣祕密就不會被知道了。

周慕雲不愛白玲，儘管他們恩愛纏綿，儘管白玲癡情相對。不只是因爲白玲的性格如何長相如何（但她確實不像鞏俐飾演的蘇麗珍占有名字巧合與地緣關係的優勢），而是愛情總不公平，不講理，不會適時適量地分配給需要的人。片子裡幾乎每個人都是輸家（除了終於到日本去跟男友相會的靖雯，還是因爲聖誕節那夜周慕雲推了她一把叫她打電話去日本，才終於打破兩人之間看似無望的愛情困境）。

你愛上某個人，那個人若不是已經心有所屬就是已經結婚有伴（你總是晚了一步），更糟的是他／她或許身邊沒人但受過情傷千瘡百孔，已經無法愛人（你在想自己會不會是個可以解除魔咒的例外，但結果不是）。如果好運給你遇到以上幾種可能都排除的情況，你們卻可能因為猜不透對方心思又錯過彼此（可能只是個性使然或是語言不通的誤解）。最糟的是，有天你會發現，或許你也是已經故障了的那個。於是人們渴望有一個地方可以修復一切，能夠改寫結局，把當時錯過的都彌補回來。

我在想，《2046》講的是關於愛情的永恆嗎？搭上列車的人想去追尋的是「永恆」還是「不變」，或者是「答案」呢？其實我們都知道所有的事物都會改變（有時只是我們沒發現），但我們都希望這世上還有什麼永恆的東西（無論是愛情、信仰、理想或價值觀），我們看著事物逐漸在變，雖然想要奮力一搏但依然不免覺得感傷。

沒有人知道《2046》是什麼，據說那是個所有事物永遠不變的地方，據說在那兒可以找回遺失的記憶，這是周慕雲自己的揣想，然而，連他自己也不知道《2046》是什麼，因爲誰也不知道永遠不變的世界是什麼模樣，而且去過的人沒人回來過，唯一回來的那個也沒有解釋清楚。

我的揣想是，或許，在那個國度，所有的人都緩慢呆滯如機械人，所有感情都遲到早退，所有被偷走的，被遺忘的，被猜錯弄擰了的，都找回最初模樣而且就那樣被保留了下來。

看起來就像永遠不會改變的樣子。

但我有些隱隱地擔心，那些經過長時間穿越時空漫長旅程的人物、故事、漂浮的建築，會不會已顏色稀薄且質地脆弱，你只消伸手輕輕一觸碰，就會紛紛散裂崩壞，跌落滿地。

文學叢書 114

INK PUBLISHING

天使熱愛的生活

作　　者　陳　雪
總 編 輯　初安民
責任編輯　丁名慶
美術編輯　許秋山
校　　對　余淑宜　丁名慶　陳　雪

發 行 人　張書銘
出　　版　INK印刻出版有限公司
台北縣中和市中正路800號13樓之3
電話：02-22281626
傳真：02-22281598
e-mail:ink.book@msa.hinet.net
法律顧問　林春金律師

總 代 理　成陽出版股份有限公司
業務部／訂書電話：02-22256562　訂書傳真：02-22258783
訂書地址：台北縣中和市中正路800號11樓之2
e-mail ：rspubl@sudu.cc
網址：舒讀網 http://www.sudu.cc
物流部／電話：03-3589000　傳真：03-3581688
退書地址：桃園市春日路1490號
郵政劃撥　19000691　成陽出版股份有限公司
門市地址　106台北市新生南路三段96-4號1樓
門市電話　02-23631407
印　　刷　海王印刷事業股份有限公司

出版日期　2006年1月　初版
ISBN 986-7108-10-8
定價　220元

國家圖書館出版品預行編目資料

天使熱愛的生活／
陳　雪 著.－－初版，－－臺北縣中和市：
INK印刻，2006〔民95〕面；　公分
（文學叢書；114）

ISBN　986-7108-10-8（平裝）

855　　94024035

INK INK INK INK INK INK INK
K INK INK INK INK INK INK I
INK INK INK INK INK INK INK
K INK INK INK INK INK INK I
INK INK INK INK INK INK INK
K INK INK INK INK INK INK I
INK INK INK INK INK INK INK
K INK INK INK INK INK INK I
INK INK INK INK INK INK INK
K INK INK INK INK INK INK I
INK INK INK INK INK INK INK
K INK INK INK INK INK INK I
INK INK INK INK INK INK INK
K INK INK INK INK INK INK I
INK INK INK INK INK INK INK
K INK INK INK INK INK INK I
INK INK INK INK INK INK INK
K INK INK INK INK INK INK I
INK INK INK INK INK INK INK
K INK INK INK INK INK INK I
INK INK INK INK INK INK INK
K INK INK INK INK INK INK I
INK INK INK INK INK INK INK
K INK INK INK INK INK INK I
INK INK INK INK INK INK INK
K INK INK INK INK INK INK I
INK INK INK INK INK INK INK
K INK INK INK INK INK INK I

INK INK INK INK INK INK
INK INK INK INK INK INK INK
INK INK INK INK INK INK
INK INK INK INK INK INK INK
INK INK INK INK INK INK
INK INK INK INK INK INK INK
INK INK INK INK INK INK
INK INK INK INK INK INK INK
INK INK INK INK INK INK
INK INK INK INK INK INK INK
INK INK INK INK INK INK
INK INK INK INK INK INK INK
INK INK INK INK INK INK
INK INK INK INK INK INK INK
INK INK INK INK INK INK
INK INK INK INK INK INK INK
INK INK INK INK INK INK
INK INK INK INK INK INK INK
INK INK INK INK INK INK
INK INK INK INK INK INK INK
INK INK INK INK INK INK
INK INK INK INK INK INK INK
INK INK INK INK INK INK
INK INK INK INK INK INK INK
INK INK INK INK INK INK
INK INK INK INK INK INK INK
INK INK INK INK INK INK